KNAUR

Von Gabriella Engelmann sind bereits folgende Titel im Knaur Verlag erschienen:

Wolkenspiele
Inselsommer
Inselzauber
Sommerwind
Eine Villa zum Verlieben
Apfelblütenzauber
Wildrosensommer

Über die Autorin:

Die gebürtige Münchnerin entdeckte in Hamburg ihre Freude am Schreiben und fühlt sich im Norden pudelwohl. Nach Tätigkeiten als Buchhändlerin und Verlagsleiterin genießt sie die Freiheit des Daseins als Autorin von Romanen, Kinder- und Jugendbüchern. Seit sie zum ersten Mal an der Nordsee war, träumt sie von einem eigenen Häuschen am Deich, mit einem Garten voller Wildrosen und knorrigen Apfelbäumen.

Mehr zur Autorin:

Website: www.gabriella-engelmann.de
Instagram: gabriellaengelmann
Facebook: www.facebook.com/AutorinGabriellaEngelmann

GABRIELLA
ENGELMANN

Winter-sonnen-glanz

ROMAN

KNAUR

Das Zitat auf S. 146 stammt aus:
»Heimat«
Von Anna Depenbusch

Besuchen Sie uns im Internet:
www.knaur.de

FSC
www.fsc.org
MIX
Papier aus verantwortungsvollen Quellen
FSC® C083411

Originalausgabe Oktober 2016
Knaur Taschenbuch

Ein Imprint der Verlagsgruppe
Droemer Knaur GmbH & Co. KG, München

Redaktion: Sabine Franz
Covergestaltung: ZERO Werbeagentur, München
Coverabbildung: FinePic®, München / Shutterstock
Illustrationen: Schneekristall 1, Tannenzweig, Stechpalmenzweig und -blätter, Zweig mit Schnörkeln, Hagebuttenzweig, kahler Zweig, Mistelzweig, Strahlenstern: olillia B. / Shutterstock.com; Rispen mit Knospen: Solomatina Julia / Shutterstock.com; Zweig mit Blättern, Schneekristall 2, 3, 4, kleine Schneekristalle: Olga Drozdova / Shutterstock.com; Mistelkranz: vetryanaya_o / Shutterstock.com
Satz: Daniela Schulz, Puchheim
Druck und Bindung: CPI books GmbH, Leck
ISBN 978-3-426-51668-3

4 5 3

1.

Gedankenverloren steckte ich die Kirschzweige, die ich heute Morgen geschnitten hatte, in eine große Vase, wie jedes Jahr am Barbaratag: einen Zweig für meine Großtante Bea, den zweiten für meinen Mann Leon. Der dritte und vierte waren für Beas beste Freundin Vero und ihren Mann Hinrich bestimmt, Nummer fünf, sechs, sieben und acht für meine Freunde Nele, Paula, Adalbert und Olli.

Vor einem Jahr war Nummer neun dazugekommen – der Zweig für unsere geliebte Tochter Liuna-Marie, die nun eineinhalb war. Während ich noch überlegte, wo die Vase am sichersten stand, krabbelte meine Kleine vergnügt auf dem Wohnzimmerboden herum und ging ihrer Lieblingsbeschäftigung nach: die Schubladen des Vitrinenschranks ausräumen.

»Hey, du süßer Krabbelkäfer, lass das bitte bleiben. Heute Nachmittag kommen alle zum Adventskaffee, und da muss es ordentlich aussehen.« Oder zumindest ein bisschen, dachte ich seufzend und holte Liuna-Marie die Holzklötze aus dem geflochtenen Weidenkorb neben dem Sofa. Es war immer wieder drollig, dabei zuzusehen, wie sie versuchte, aus den bunten Klötzchen Türme zu bauen.

»Alles klar bei dir, oder brauchst du Hilfe bei den Vorbereitungen?«, fragte Leon und gab mir einen Kuss auf den Nacken. Ich hatte, wie meistens, meine blonden Haare zu einem hohen Pferdeschwanz gebunden. »Mmh, wie du wieder duftest«, raunte er mir ins Ohr und drehte mich zu sich herum. »Nach Tannennadeln, Honig und Zimt. Wie machst du das nur immer?«

Verliebt schlang ich die Arme um meinen Mann, der ein gutes Stück größer war als ich, weshalb ich mich auf die Zehenspitzen stellen musste. »Keine Ahnung. Vielleicht ist es mein Parfum? Oder der Duft des zweiten Advents?« Ich gab ihm einen Kuss. »Und was die Vorbereitungen angeht: Lieb, dass du fragst, aber so weit ist alles im grünen Bereich. Aber sag mal, musst du heute eigentlich in die Redaktion? Es ist so schönes Wetter, und ich dachte, wir könnten vor dem Mittagessen noch eine Runde mit unserer Maus drehen.«

Leon seufzte bedauernd. »Leider ja. Ich muss noch mit dem Fotografen die Abstimmung für einen Artikel zu Ende bringen. Aber ich beeile mich, versprochen. Lass uns spazieren gehen, bevor alle kommen – oder du marschierst gleich alleine los, wenn ihr beide jetzt schon an die frische Luft wollt.« Mit diesen Worten nahm er Liuna-Marie hoch und gab ihr einen Kuss auf die zarte Wange. Die Folge war lautstarkes Gebrüll. Unsere Tochter – ein echtes Friesenmädchen – konnte es nämlich gar nicht leiden, beim Spielen unterbrochen zu werden. Erschrocken setzte Leon sie zurück auf den Boden, und ich musste lachen, weil er total verwirrt dreinschaute. Sosehr er es liebte, Papa zu sein, so sehr verunsicherte es ihn gelegentlich, mit so einem energischen, kleinen Wesen zu tun zu haben, das nicht immer leicht zu durchschauen war.

»Keine Panik, sie beruhigt sich schon wieder. Los, los, geh jetzt, sonst kommst du zu spät in die Redaktion und dann auch zu spät zum Mittagessen. Bis nachher, Schatz.«

Nachdem die Haustür hinter Leon ins Schloss gefallen war, setzte ich mich an den langen Esstisch, der ebenfalls in unserem geräumigen Wohnzimmer untergebracht war, und schenkte mir eine Tasse Tee ein. Wie bei den Friesen üblich, ließ ich den schwarzen Tee über einen goldbraunen Kandis-Stick in meinen Lieblingsbecher laufen. Danach gab ich Sahne dazu und stellte die Kanne auf das Stövchen zurück.

Während ich genüsslich trank, wanderte mein Blick zum Fenster unseres urigen Friesenhäuschens, in dem wir seit Anfang des Jahres wohnten. Obwohl die Immobiliensituation auf Sylt gelinde gesagt eine Katastrophe war, war es uns dank Beas tollen Beziehungen gelungen, dieses Schmuckstück in der Nähe des Keitumer Watts anzumieten. Ich liebte die Aussicht auf unseren Garten, der hoffentlich bald von einer weißen Decke aus Schneekristallen bedeckt sein würde. Bislang hatte es auf der Insel – bis auf wenige zarte Flocken – noch nicht geschneit. Dabei wünschte ich mir so sehr, endlich zusammen mit meiner Tochter einen Schneemann zu bauen und zum ersten Mal weiße Weihnachten feiern zu können. Nachdem ich den Tee ausgetrunken hatte, setzte ich mich zu Liuna-Marie auf den Teppich aus Lammfell-Imitat, der vor dem Kamin lag. Sobald die Gäste da waren, würden wir die Holzscheite anzünden, die Leon gestern schon auf dem Kaminrost gestapelt hatte, und ins prasselnde Feuer schauen können.

Meine Tochter war vollkommen versunken in ihr Spiel.

Friedliche Stille lag über dem Raum.

Selbst Blairwitch, die betagte schwarze Katze meiner Freundin Nele, die wir zurzeit in Pflege hatten, schlief zusammengerollt auf einem Kissen.

An Tagen wie diesen konnte ich mein Glück kaum fassen. Alles war wunderbar: Ich war verheiratet mit einem tollen Mann, den ich sehr liebte, und nun endlich Mutter einer süßen, quietschlebendigen Tochter, die das Herz aller im Sturm erobert hatte. Bis dahin war es allerdings ein langer, schwieriger Weg gewesen, an den ich nur ungern zurückdachte.

Kaum auf der Welt, war Liuna-Marie aber auch schon der erklärte Liebling und Mittelpunkt des Büchernests, der Buchhandlung mit kleinem Café im Herzen Keitums, wo ich arbeitete.

Sie genoss die Liebe und Aufmerksamkeit, die ihr von unseren Kunden entgegengebracht wurde, von der Sekunde an, als ich sie zum ersten Mal in der Babyschale an meinen Arbeitsplatz mitgenommen hatte. Die Kleine liebte die Atmosphäre des heimelig nach Papier duftenden Ladens genauso sehr wie den Duft von frisch gebackenen Friesenwaffeln, der Spezialität von Vero, die das Café des Büchernests betrieb und stets höchstpersönlich hinter dem Herd stand. Mit fröhlichem Glucksen und großen Augen begrüßte mein kleiner Sonnenschein jeden neuen Tag, als sei er einzig dafür gemacht, sie zu beglücken und ihr zu gefallen.

Meine Freundin Paula, Leiterin der Kindertagesstätte Inselkrabben, die ebenfalls zum Büchernest gehörte, nannte sie liebevoll »meine kleine Krabbe«. Als Patentante verwöhnte sie Liuna-Marie nach Strich und Faden – sofern ich es ihr erlaubte.

Ihr Mann Patrick war ebenso hingerissen von der Kleinen wie Veros Mann Hinrich, der nach einer zweiten Herz-OP immer wieder grummelig graue Tage hatte und es damit Vero nicht gerade leicht machte. Doch kaum sah er Liuna-Marie, wurde sein faltiges Gesicht wieder glatt, und er wirkte mit einem Schlag zwanzig Jahre jünger.

Ihre größten »Fans« aber waren Bea und ihr gleichaltriger Lebensgefährte Adalbert. Während meine Großtante mit ihren zweiundsiebzig Jahren noch immer äußerst temperamentvoll, resolut und energiegeladen durchs Leben spazierte, war Adalbert weit emotionaler und deutlich sanfter als sie – was seiner Verliebtheit aber keinerlei Abbruch tat. Beide fungierten als Großelternersatz für Liuna-Marie, da meine Eltern früh bei einem Autounfall verstorben waren und Leons Eltern nur wenig Zeit für ihre Enkelin hatten. Als fröhliche Pensionäre genossen sie ihren Lebensabend und waren viel auf Reisen.

Nachdem ich einen zweiten Becher Tee getrunken und währenddessen überlegt hatte, ob auch wirklich alles für den Adventskaffee bereit war, klingelte das Telefon.

Am Apparat war Bea.

»Lissy, du ahnst nicht, was ich gerade gemacht habe«, sagte sie, anstatt mich zu begrüßen. Meine Großtante war eben immer für eine Überraschung gut.

»Hm, lass mich raten«, entgegnete ich. »Du hast eine Studienreise nach Lappland gebucht? Einen Rentierschlitten gekauft? Nein, warte, jetzt weiß ich's: Du wirst Wale züchten!«, zählte ich Möglichkeiten auf, die mir spontan einfielen, eine absurder als die andere – aber durchaus denkbar, wenn es um meine Großtante ging.

Mit einem Auge war ich bei Liuna-Marie, die nun die Bauklötze satthatte und stattdessen am Fell ihres Teddys herumzupfte. Ein sicheres Zeichen dafür, dass ihr langweilig war.

»Ich habe gebacken.« Beas Tonfall klang so triumphierend, als wollte sie mir sagen, dass sie gerade zur Bürgermeisterin von Keitum gewählt worden sei.

»Du hast bitte was?!« Ich musste etwas falsch verstanden haben. »Du hast gepackt? Willst du verreisen?«

»Du hast schon richtig gehört«, erwiderte Bea. »Ich habe GEBACKEN«, wiederholte sie mit Nachdruck.

Ich schmunzelte. Die Frau, die sich lange Zeit dem Kochen verweigert hatte und eine Rührschüssel kaum von einem Wok unterscheiden konnte, sollte tatsächlich gebacken haben? »Schließlich wollte ich auch einen Beitrag zum heutigen Adventskaffee leisten. Aber keine Sorge, es sind nur Plätzchen, den Stollen und den Baumkuchen überlasse ich natürlich wie immer Vero.«

Erleichterung überflutete mich. »Na dann … wow, das ist … super. Bin schon gespannt. Denkst du aber bitte trotzdem noch an den Glühwein und den alkoholfreien Punsch?«

»Also hör mal, Lissy!« Bea klang beleidigt. »Wie könnte ich das vergessen? Ich bin doch nicht schusselig. Adalbert hat die Getränke schon vor einer Woche besorgt. So wie er überhaupt immer so viel kauft, als gäbe es morgen nur noch leere Regale in den Läden und wir müssten alle verhungern.« Sie seufzte tief. »Ich sag's dir, das Zusammenleben mit ihm ist nicht immer leicht.«

»Aber trotzdem wunderschön«, ergänzte ich Beas Satz, denn ich kannte ihre ewige Litanei bezüglich Adalbert in- und auswendig und nahm sie keine Sekunde wirklich ernst.

Die beiden liebten einander und passten zusammen wie Topf und Deckel. Das einzige Problem dabei war, dass Bea es als ausgesprochener Freigeist nicht so mit Töpfen und Deckeln hatte, genauso wenig wie mit dem Zusammenleben.

»Na, ich weiß nicht«, entgegnete sie. »Wie würdest du es denn finden, wenn Leon den lieben langen Tag Klavier üben würde? Und dich ständig fragt, wie es dir geht, was du denkst, was du fühlst. Ob er dir noch etwas bringen kann.«

»Das wäre natürlich der absolute Alptraum«, antwortete ich schmunzelnd. »Wie kann man nur so egoistisch und unsensibel sein? Tut mir leid, Bea, aber ich muss jetzt Schluss machen. Liuna-Marie rupft ihrem Teddy sonst gleich ein Auge aus, wenn ich sie mir jetzt nicht schnappe und mit ihr rausgehe. Also, bis später. Ich freue mich auf euch … und auf die Plätzchen.«

Zehn Minuten später hatte ich meine Kleine in warme Kleidung und ein Tuch gehüllt, um sie gegen die kalte Winterluft zu schützen, und spazierte mit ihr am Keitumer Watt entlang.

Da es an meiner Lieblingsstelle auf Sylt keinen asphaltierten Weg gab, über den man eine Kinderkarre hätte schieben können, musste ich Liuna-Marie tragen, was mittlerweile nicht mehr ganz leicht war. Müde vom Spielen und der frischen Nordseeluft, döste meine Tochter schon nach wenigen Metern ein, so dass ich Zeit hatte, meinen Gedanken freien Lauf zu lassen und den Anblick des Wattenmeers zu genießen.

Für mich einer der schönsten Flecken auf dieser Erde.

Die Wintersonne tauchte die Landschaft in gleißendes Licht und erhellte diesen vierten Dezember mit ihrem vorweihnachtlichen Glanz. Eisschollen glitzerten, das wogende

Seegras war mit weißem Raureif bedeckt. Austernfischer und Möwen saßen in Kolonien auf dem Eis und sahen aus, als seien sie dort festgefroren. Ihr Gesang wurde vom kalten Wind nach Amrum und Föhr getragen; die Natur verband die Nachbarinseln mit Sylt.

Versonnen dachte ich an die Kirschzweige, die ich gemäß der Tradition des Tags der heiligen Barbara für meine Liebsten in die Vase gestellt hatte. Ihre Zweige galten als zukunftsweisende Vorboten: Erblühten sie zu Beginn der Raunächte, also kurz nach Heiligabend, verhießen sie denjenigen, denen sie zugedacht waren, ein glückliches neues Jahr. *Frügelk Jööl en en lekelk nü Jaar,* wie es auf Friesisch hieß.

Früher hatte ich Barbarazweige nur für Bea, Vero und mich geschnitten, doch im Laufe der Jahre, die ich nun auf Sylt lebte, waren weitere dazugekommen. Einer für jeden neuen Menschen, der in mein Leben getreten war und den ich liebte.

»Moin, Larissa«, ertönte es neben meinem Ohr. Rieke, unsere Auszubildende im Büchernest, parierte neben mir ihr Pferd zum Stehen durch. Sie würde im kommenden Sommer ihre Ausbildung als Buchhändlerin beenden, und ich hoffte sehr, dass sie bei uns bleiben und Bea und mich künftig weiter entlasten konnte.

»Moin, alles gut bei dir?«, begrüßte ich sie.

Rieke schwang sich aus dem Sattel, hielt ihr Pferd am Zügel und beugte sich zu Liuna-Marie, die sanft in ihrem Tragetuch schlummerte. »Hallo, Süße«, murmelte sie so verzückt, als sähe sie sie zum ersten Mal. »Du bist eine echte kleine Zaubermaus.«

»Vor allem wenn sie schläft«, entgegnete ich schmunzelnd. »Denkst du übrigens daran, dass morgen unsere neue Praktikantin anfängt? Wäre toll, wenn du sie ein bisschen unter deine Fittiche nehmen könntest. Bea und ich müssen nämlich noch unsere Buchpräsentation am Abend vorbereiten.«

»Klar, kein Thema«, antwortete Rieke, weiterhin damit beschäftigt, meine schlafende Tochter zu bewundern. Die Stute schnaubte zufrieden und stieß ihren warmen Pferdeatem in die Winterluft, beinahe so, als wollte sie meine Kleine wärmen. »Die kommt doch aus Berlin und ist siebzehn, nicht wahr? Wie heißt sie gleich noch mal?«

»Kathinka Köster, kurz Tinka«, half ich Rieke, die zuweilen ziemlich zerstreut war, auf die Sprünge. »Sie bleibt bis Ende Januar bei uns.«

»Und wie ist sie an das Praktikum gekommen?«, wollte Rieke wissen.

»Sie ist die Enkelin von Inken und Eycke Hansen aus Morsum und hat schon als Kind immer ihre Oma begleitet, wenn sie Bea in der Buchhandlung besucht hat.«

»Ah ja, jetzt erinnere ich mich wieder«, murmelte Rieke. »Die war doch letzten Sommer in so 'ne dramatische Geschichte um eine Surfer-Clique aus Westerland verwickelt. Voll krasse Sache!«

»Auf die du sie aber besser nicht mehr ansprechen solltest«, entgegnete ich. »So, jetzt muss ich weiter, sonst frieren mir gleich die Zehen ab. Hab noch einen schönen zweiten Advent und grüß deine Familie von mir. Wir sehen uns dann morgen.«

Rieke schwang sich wieder in den Sattel und winkte kurz, bevor sie in Richtung Munkmarsch davontrabte. Außer ihr war keine Menschenseele unterwegs.

Die Touristen kamen in der Regel erst nach dem zweiten

Weihnachtsfeiertag auf die Insel, die Besitzer der Ferienhäuser kurz vor Heiligabend. Die Sylter selbst waren, bis auf wenige Ausnahmen, gerade damit beschäftigt, das Mittagessen zu kochen oder ein vorweihnachtliches Treffen mit Familie und Freunden vorzubereiten. Ich liebte diese stillen Momente, wenn man für einen Augenblick das Gefühl hatte, die Welt hörte auf zu rotieren. Gerade in der Hektik der Vorweihnachtszeit eine echte Wohltat.

Als ich nach einem ziemlich langen Marsch wieder zurück in unser kuschelig warmes Friesenhäuschen kam, war Leon zu meiner Überraschung schon da und hatte den Tisch gedeckt. »Hallo, Schatz«, sagte ich und gab ihm einen Kuss auf die Wange, was er mit einem »Brrrr, du bist ja eine echte Eisprinzessin« quittierte. Dann nahm er mir Liuna-Marie ab, die nun erwachte, sich die himmelblauen Augen rieb und dabei herzhaft gähnte.

Nachdem ich mir die Hände gewaschen und mich ein wenig frisch gemacht hatte, aßen wir die Kartoffelsuppe, die ich am Abend zuvor gekocht und heute mit frischen Krabben, krossen Croûtons und einer Sahnehaube verfeinert hatte.

Nun war ich gestärkt für den Besuch meiner Lieben und konnte es kaum erwarten, alle wiederzusehen.

Alle würden da sein – bis auf meine beste Freundin Nele, die leider, wie üblich, als rastlose Künstlerin in der Weltgeschichte herumgondelte. Obwohl ich in Paula eine echte Freundin gefunden hatte, mit der ich vieles teilen und über fast alles reden konnte, fehlte mir Nele.

Nele, der bunte, verrückte Paradiesvogel, dem Bea und ich schon so manches Mal aus der Patsche geholfen hatten. Die aber wiederum ihrerseits ein großes Herz hatte und gerade durch ihre Einzigartigkeit, ihren Charme und das Anderssein bestach. Und immer wieder frischen Wind in mein Leben pustete, das in den vergangenen Jahren eine doch eher behäbige Gangart eingelegt hatte.

»Kommst du?«, hörte ich Leon rufen, der mich mit seiner Frage aus meinen Gedanken riss. »Es hat geklingelt. Unsere Gäste sind da.«

2.

Unzählige »Moin« wirbelten durch die Luft und erfüllten den Flur mit ihrer fröhlichen Herzlichkeit.

Bea, Adalbert, Vero und Hinrich waren zusammen gekommen, und nun stellte es eine kleine Herausforderung dar, ihnen zur selben Zeit die dicken Wintermäntel abzunehmen und diese an der Garderobe aufzuhängen.

Im schmalen Flur war leider zu wenig Platz.

»Paula, Patrick und Olli kommen aber auch, oder?«, fragte Bea, die mir eine rote Papiertüte, bedruckt mit goldenen Sternen, in die Hand drückte, während Adalbert Leon die mitgebrachten Getränke übergab.

»Sie verspäten sich um ungefähr zwanzig Minuten«, gab ich zur Antwort und folgte Vero, die zielstrebig in Richtung Küche ging, mit Bea im Schlepptau. »Mmh, das sieht ja wieder toll aus«, lobte ich Veros Backkünste, als sie den Stollen und den Baumkuchen aus den Plastikboxen holte und auf die Kuchenteller drapierte, die ich bereitgestellt hatte. Die kleine, rundliche Vero strahlte übers ganze Gesicht.

»Der Stollen ist dieses Mal extra auf deinen Wunsch ohne Zitronat und Orangeat«, erklärte sie und zupfte an ihren kurzen grauen Haaren herum, die sie bis vor kurzem noch als Dutt getragen hatte. »Und ohne Rosinen.«

»Was das gute Stück zu etwas macht, das den Namen Stollen gar nicht mehr verdient«, unterbrach Bea ihre beste Freundin und begann nun ihrerseits, die Schätze aus der roten Papiertüte zu holen, die ich auf die Anrichte gestellt hatte.

Vero verfolgte jeden ihrer Handgriffe gebannt, während Blairwitch ihr maunzend um die Knöchel strich.

»Zimtsterne, Vanillekipferl und Friesenkekse«, zählte Bea auf, nahm drei tiefe Teller aus dem Hängeschrank über der Spüle und verteilte ihr Backwerk darauf. Optisch gab es nichts zu meckern, die Kekse sahen aus, wie sie sollten.

»Sag bloß, du hast gebacken?« Vero nahm die Lesebrille aus der Tasche ihrer Strickjacke und beäugte die Weihnachtsplätzchen skeptisch.

Bea, heute mit einer schwarzen Hose und einem anthrazitfarbenen, engen Rolli bekleidet, reckte das Kinn und antwortete: »Ja, hab ich. Hast du ein Problem damit?«

Ich unterdrückte ein Kichern. Im Laufe der letzten Jahre waren die Freundinnen ein bisschen wunderlich geworden. Und kabbelten sich immer häufiger, wenn auch auf liebevolle Weise.

Zumindest meistens.

Es hatte aber auch schon Momente gegeben, in denen sie sich so verkracht hatten, dass Wochen vergingen, ehe eine von beiden sich dazu durchringen konnte, sich mit der anderen wieder zu versöhnen. Nicht ganz leicht für alle Beteiligten, da sowohl Bea als auch Vero im Büchernest arbeiteten und die Arbeitsatmosphäre deutlich unter den Streitereien litt.

»Nein, natürlich nicht. Wieso sollte ich?«, entgegnete Vero und schnappte sich dann die Teller mit dem Stollen und dem Baumkuchen. »Ich bin einfach nur verwundert.« Mit diesen Worten verließ sie die Küche und stellte das Gebäck in die Mitte der langen Tafel, die ich zuvor mit frischem Tannengrün und weiß-blauen Schleifen dekoriert hatte – den Farben Nordfrieslands. Den üppigen Adventskranz hatte ich auf den Wohnzimmertisch vor dem Sofa umgesiedelt, damit wir mehr Platz hatten. Leon zündete gerade die zweite Kerze an.

Nachdem alle sich gesetzt hatten und mit Tee und Kaffee versorgt waren, klingelte es erneut an der Tür. Paula und Patrick entschuldigten sich für ihr Zuspätkommen, und Paula überreichte mir einen wunderschönen Strauß aus dunkelgrünen Tannenzweigen, dekoriert mit kleinen roten Äpfeln, Walnüssen, Zimtstangen und weiß bemalten Holzsternen.

»Ach was, kein Problem. Hauptsache, ihr seid da«, antwortete ich, bedankte mich für das schöne Mitbringsel und überlegte, in welche Vase ich den Adventsstrauß stellen sollte. »Schließlich wollen wir euch doch alle noch mal sehen, bevor ihr weg seid.« Die attraktive, brünette Mitvierzigerin Paula gehörte seit über drei Jahren zu unserem Freundeskreis, genau wie ihr Mann Patrick. Früher hatte sie in Hamburg eine eigene Galerie gehabt, nun lebte sie auf Sylt und widmete sich hingebungsvoll ihrer Aufgabe als Leiterin der Inselkrabben. »Geht doch schon mal ins Wohnzimmer. Ich komme gleich nach.«

Bevor ich mich wieder unter die Gäste mischte, huschte ich in den ersten Stock hinauf, um nach Liuna-Marie zu schauen, die nach dem Mittagessen erneut so müde geworden war, dass ich beschlossen hatte, sie in ihr Bettchen zu legen.

Allerdings wusste man bei ihr nie genau, ob sie auch wirklich schlief oder beschäftigt werden wollte. Doch in der Tat, sie schlummerte selig, und ich konnte mich kaum von ihrem Anblick lösen. Dieses zarte Zauberwesen war immer noch wie ein Wunder für mich.

Sanftes Klopfen an der Kinderzimmertür erinnerte mich jedoch daran, dass heute nicht nur sie im Mittelpunkt stand.

»Darf ich auch mal kurz schauen?«, fragte Paula, die durch den Türspalt schlüpfte und sich neben mich stellte. Paula und Patrick konnten keine Kinder bekommen, und so hatte ich während der Schwangerschaft beschlossen, Paula zu Liuna-Maries Patentante zu machen. »Ich werde sie vermissen, wenn ich weg bin. Zwei Monate sind eine lange Zeit«, flüsterte Paula und lehnte sich über das Gitterbettchen. Dann zog sie die Decke ein Stückchen höher in Richtung Liuna-Maries Kinn.

»Komm, lass uns gehen, nicht dass wir sie noch wecken«, wisperte ich. Doch als ich Paulas wehmütigen Gesichtsausdruck sah, musste ich lächeln. Es stimmte. In Liuna-Maries Alter waren zwei Monate ein langer Zeitraum. »Oder bleib du noch einen Moment, ich muss auf alle Fälle wieder zu den anderen. Bis gleich.«

Im Wohnzimmer angekommen, legte ich das Babyphone neben meinen Teller. Inzwischen war an der Kaffeetafel eine heiße Diskussion über das Thema Backen im Gange. Nur Ollis Platz war noch leer – merkwürdig! Ich checkte mein Handy, doch er hatte keine Nachricht geschickt.

»Bea, deine Plätzchen schmecken wirklich phantastisch«, schwärmte Patrick gerade und nahm sich zwei Zimtsterne. Paulas Mann war ein echter Gourmet, daher zählte sein Lob doppelt.

»Beinahe so wie von Bäcker Paulsen«, sagte Vero schmallippig und schaute ihre Freundin herausfordernd an. Adalbert blickte verwirrt zwischen beiden hin und her.

»Was soll das heißen, wie von Bäcker Paulsen?«, entgegnete Bea schnippisch, anstatt sich über das Lob zu freuen.

»Das soll weiter gar nichts heißen, außer, dass sie einfach perfekt sind. Freu dich doch«, erwiderte Vero.

Neugierig nahm ich mir je ein Plätzchen der drei Sorten und begann mit dem Vanillekipferl, meine persönlichen Lieblinge.

Um wirklich gut zu schmecken, durfte das Kipferl weder zu süß sein noch zu trocken. Und Bea war dieses Kunststück gelungen.

»Mmh, ein Traum«, lobte ich meine Großtante. »Wer hätte gedacht, dass in dir eine so begabte Bäckerin schlummert?«

Bea konnte nicht antworten, weil es erneut an der Tür klingelte. Endlich würden wir vollzählig sein.

Leon stand auf, um zu öffnen, und ich hörte zu meiner Verwirrung eine Frauenstimme. Sollte Olli, der Männer liebte, eine Bekannte mitgebracht haben, ohne mir vorher etwas davon zu sagen?

»Blairwitch, meine Süße, ich hab dich vermisst«, hörte ich und war auf einmal wie elektrisiert. »Komm, lass dich knuddeln.«

Träumte ich, oder war das die Stimme meiner besten Freundin Nele? Auch Bea und Vero hielten inne und schauten einander fragend an. Nur Adalbert schmunzelte still vor sich hin.

»Moin, ihr Lieben. Na, was sagt ihr?«, fragte Nele, die plötzlich mit hochroten Wangen im Wohnzimmer stand, ihre

Katze auf dem Arm, und grinsend in die Runde schaute. Genau wie Olli, der neben ihr im Türrahmen auftauchte. »Überraschung gelungen?«

Ich rief: »Und wie!«, und stürzte mich auf Nele, die ich seit Ewigkeiten nicht mehr gesehen hatte. »Aber was machst du hier? Wir dachten, du bist in Frankreich.«

»Das war nur eine Finte, um euch alle abzulenken«, feixte Olli. »Sorry, dass wir erst jetzt da sind, aber die Nord-Ostsee-Bahn hatte ausnahmsweise mal Verspätung.«

Ich konnte mein Glück kaum fassen. Nun waren wirklich alle Menschen, die mir am Herzen lagen, hier.

Bea stand ebenfalls auf und stürmte auf Nele zu, die Blairwitch mittlerweile auf den Boden gesetzt hatte. Sie liebte meine Freundin genauso sehr wie mich und hatte sie schon lange gekannt, bevor ich auf die Insel gekommen war, um hier zu leben. »Was machst du hier? Und wie lange bleibst du?«, fragte sie und drückte Nele an sich.

»So lange, wie du mich im Pavillon unterbringen kannst«, antwortete diese und begrüßte dann Adalbert, der sich zu Bea gesellt hatte, mit einem Kuss. Ich beobachtete, wie die beiden einander verschwörerisch zuzwinkerten.

Nanu? Was war denn zwischen denen im Gange?

»Dann also für länger«, sagte Bea und strahlte über das ganze Gesicht. »Als hätte ich es geahnt, habe ich im Herbst eine richtige Heizung einbauen lassen. Wir brauchen sie nur noch anzumachen, das Bett zu beziehen, und schon hast du einen kleinen Palast für dich allein.«

»Das klingt super, danke«, antwortete Nele und nahm dann wieder Blairwitch auf den Arm, die mit ihrer rosa Katzenzunge über ihre Nase schleckte. Ich plinkerte ein paarmal, weil ich es immer noch nicht fassen konnte, dass Neles unerwartetes Auftauchen kein Traum war. »Ach Mann, ihr ahnt gar nicht, wie schön es ist, wieder auf Sylt zu sein und euch alle zu sehen.«

»Nun setz dich doch erst mal«, sagte Leon und dirigierte sie zu seinem Platz. »Ich hole noch schnell einen zusätzlichen Stuhl aus dem Büro.«

»Und ich ein weiteres Gedeck aus der Küche«, ergänzte Vero und streichelte Neles Arm, bevor diese Paula und Patrick begrüßen und sich setzen konnte.

Als endlich alle saßen und versorgt waren, sah ich aus den Augenwinkeln, dass sich die schöne Advents-Kaffeetafel, umrahmt von Kerzenschein, im Fenster widerspiegelte. Von solch großen Runden hatte ich schon als Kind geträumt: Menschen, die zusammen aßen und einander von den kleinen und großen Freuden oder auch Sorgen des Alltags erzählten und diese miteinander teilten. Menschen, die einander liebten und füreinander da waren, egal, welche Herausforderungen das Leben für sie bereithielt. Während ich meinen Gedanken nachhing, stand Adalbert auf und flüsterte mir ins Ohr: »Darf ich Sektgläser aus eurer Vitrine holen? Wir haben etwas zu feiern. Den Sekt habe ich draußen im Auto. Ich gehe ihn mal eben holen.«

Ich wunderte mich zwar, nickte jedoch und stand auf, um ihm zu helfen. Leon, der gerade in eine tagespolitische Unterhaltung mit Patrick vertieft war, verfolgte meine Bewegungen mit einem fragenden Blick, und ich zuckte mit den Schultern. Ich hatte keinen blassen Schimmer, was Adalbert vorhatte.

Bea hob den Kopf und blickte ebenfalls verwundert drein. Nachdem Adalbert die Flaschen entkorkt hatte, ging er reihum und füllte alle Gläser, die ich auf die lange Tafel gestellt hatte. In diesem Moment fiel mir der Grund für den Sekt ein: Er wollte Nele willkommen heißen! Bestimmt war er in ihren und Ollis geheimen Plan eingeweiht gewesen, schließlich hatte er vorhin so wissend gelächelt, als sie aufgetaucht war.

Was für eine nette Idee, sie so herzlich zu begrüßen!

»Bitte alle mal herhören«, sagte Adalbert, nachdem jeder von uns einen Schluck des perlenden Getränks vor sich stehen hatte, und stieß mit der Kuchengabel gegen sein Glas. »Und vor allem du, meine Liebste.«

Bea schaute verwirrt drein und suchte meinen Blick.

»Wie ihr vielleicht wisst, war es in früheren Zeiten auf der Insel Brauch, in den Adventswochen zu heiraten …«, fuhr Adalbert mit seiner Ansprache fort. Ein flaues Gefühl machte sich in meinem Magen breit. Ich wagte es kaum, meine Großtante anzuschauen. »Und da dachte ich mir, was die alten Friesen konnten, das kann ich auch. Deshalb habe ich für Sonntag, den achtzehnten Dezember, einen Termin beim Pastor in der Keitumer Kirche gebucht. Ich weiß, dass das alles ein bisschen überraschend kommt und auch arg knapp ist, aber ich wollte einen Zeitpunkt wählen, zu dem unsere Nele wieder auf Sylt ist. Damit sie dabei sein kann, wenn ich dich, meine über alles geliebte Bea, frage, ob du meine Frau werden willst, und dich zum Traualtar führe.«

Stille senkte sich über das Wohnzimmer, und ich konnte sehen, dass Beas Gesicht von einer ungesunden Röte überzogen war.

Im vergangenen Jahr war bei ihr altersbedingter Bluthochdruck diagnostiziert worden, der nun medikamentös behandelt wurde. Wogegen aber garantiert kein Kraut gewachsen war, war ihr unbändiger Freiheitsdrang und friesischer Dickschädel.

So wunderte es bestimmt keinen der Gäste, dass Bea, anstatt zu antworten oder Adalbert gerührt zu küssen und ja zu sagen, einfach aus dem Wohnzimmer stürmte.

Und laut knallend die Haustür ins Schloss fallen ließ.

Zurück blieben unsere Gäste, die reichlich verdutzt an der Advents-Kaffeetafel saßen. Und eine maunzende Blairwitch.

3.

Wie beinahe jeden Morgen war ich die Erste, die um halb neun die Tür zu unserem Buchcafé aufschloss, die Kasse mit Wechselgeld füllte, den Anrufbeantworter abhörte und im Computer nachschaute, ob Bestellungen per Mail eingegangen waren.

Ich liebte diese halbe Stunde, bevor alle anderen kamen und der Laden öffnete. In diesen Momenten wusste ich, dass Liuna-Marie gut untergebracht war. Anke war eine tolle Tagesmutter und wohnte nur zwei Häuser entfernt. Dort konnte meine Kleine weiterschlafen und später mit Ankes kleinem Sohn Jelle spielen. Leon war um diese Uhrzeit bereits auf dem Weg in die Redaktion in Westerland, und Bea tauchte in der Regel erst gegen elf auf, nachdem sie Sport getrieben, meditiert und sich in aller Ruhe ihrer Morgenlektüre gewidmet hatte.

Diese Zeit nutzte ich, um zwischen den Regalen auf und ab zu gehen, Bücher gerade zu rücken, zu notieren, welche nachbestellt werden mussten, und den einzigartigen Duft des bedruckten Papiers einzuatmen. Mittlerweile war ein Leben ohne Bücher für mich schier unvorstellbar geworden. Sie konnten eben einfach alles: unterhalten, verzaubern, einen

Lachanfall hervorrufen oder Tränen fließen lassen. Man konnte von ihnen lernen, sie einfach nur schön finden oder sich Anregungen für alle Bereiche des Alltags holen.

Sie waren immer da – und würden es immer bleiben.

Genau wie mein geliebtes Büchernest.

Die Erinnerung an Neles und meine erste Begegnung in diesen Räumen amüsierte mich immer wieder aufs Neue. Es fühlte sich an, als seien seitdem Jahrhunderte vergangen, die allerdings unsere Freundschaft gestärkt hatten, obgleich wir einander viel zu selten sahen. Damals waren ihr Café und Beas Buchhandlung noch getrennt gewesen. Mittlerweile war zusammengewachsen, was zusammengehörte.

Wie aufs Stichwort kündigte mein Handy den Eingang einer WhatsApp-Nachricht an. Nele fragte, ob wir später zusammen in der Kleinen Teestube hier in Keitum Tee trinken wollten.

Ich schrieb: *Gern. Um 15 Uhr wäre perfekt!*, und freute mich darüber, endlich mit ihr allein und in Ruhe reden zu können. Zumindest für eine gute Stunde, bevor wir im Laden alles für unsere vorweihnachtliche Bücherpräsentation vorbereiten mussten, die am Abend für unsere Stammkunden auf dem Programm stand.

Als ich in der Küche im ersten Stock die erste Kanne Kaffee des Tages kochte und der aromatische Duft des Getränks den Raum erfüllte, hörte ich Schritte auf der Treppe. Doch es war nicht Vero, wie ich glaubte, oder Olli, sondern Bea.

»Hey, was machst du denn so früh hier? Ist die Yogastunde ausgefallen?«, fragte ich, nachdem sie ihre Nase durch den Türspalt gesteckt hatte. Insgeheim wusste ich natürlich ganz genau, was meine Großtante so früh hierhergetrieben hatte: Adalberts Heiratsantrag. »Oder möchtest du mit mir über gestern reden? Wo bist du denn eigentlich gewesen, nachdem du so Knall auf Fall abgehauen bist?«

Bea schenkte sich Kaffee ein, obwohl ihr der Arzt geraten hatte, den Konsum deutlich einzuschränken. Doch als echter Sturschädel hielt sie sich nur selten an den Rat anderer, und erst recht nicht an Vorschriften, die ihr gegen den Strich gingen. »Ich habe mich erst in Kampen am Strand durchpusten lassen und war später noch in der Sturmhaube, Glühwein trinken. Und bevor du fragst oder schimpfst: Ich habe das Auto am Strönwai stehen lassen und bin mit dem Taxi zurück nach Keitum gefahren. Kannst du mich nachher dort vorbeifahren, damit wir die Gurke wieder einsammeln können?«

»Ich fürchte, das muss Olli übernehmen, denn ich bin später mit Nele zum Tee verabredet. Aber was hat Adalbert denn dazu gesagt, dass du einfach so ausgebüxt bist? Ich nehme mal an, du hast ihm nicht gesagt, wo du warst?«

Bea grinste schief. »Du kennst mich wirklich gut, liebste Lissy.« Dann machte ihr Lächeln einem grimmigen Ausdruck Platz. »Er war schon im Bett, als ich heimkam. Oder hat geschmollt. Auf alle Fälle habe ich ihn nicht mehr zu Gesicht bekommen. Was auch ganz gut war, weil ich mich sonst vermutlich vergessen hätte. Was für ein Glück, dass wir getrennte Schlafzimmer haben!«

Mir tat Adalbert ehrlich gesagt leid, auch wenn ich seinen gestrigen Antrag immer noch als ziemlich ungeschickt empfand. Andererseits, die Idee, Bea mit einer spontanen Hochzeit zu überraschen, war auch rührend und schön. Schließlich freuten sich die meisten Liebenden über so eine Geste.

Nur, Bea war nicht irgendeine schmachtende Braut in spe, sondern nach dem Tod ihres Mannes Knut vor vielen Jahren bindungsscheu und dickköpfig geworden. Und das wusste Adalbert auch. Doch vermutlich hatte er geglaubt, dass er sie von der Ehe genauso überzeugen konnte wie vom Zusammenleben, indem er einfach Tatsachen schuf.

»Wirst du denn …«, ich suchte nach den passenden Worten, um Bea nicht noch wütender zu machen, »… noch mal darüber nachdenken, oder …«

»Das wüssten wir allerdings auch gern«, sagten Vero und Paula, die mittlerweile ebenfalls in die Küche gekommen waren, im Chor. Beide nahmen sich je einen Becher Kaffee und schauten Bea erwartungsvoll an. Wir drei Frauen waren alle glücklich verheiratet und liebten unsere Männer – auch wenn es zwischen Paula und Patrick einmal so stark gekriselt hatte, dass sie sich beinahe hätten scheiden lassen.

»Was für eine Frage«, schnaubte Bea empört. »Ich sage diesen ganzen Unsinn natürlich ab. Meint ihr allen Ernstes, ich lasse mir die Pistole auf die Brust setzen? Und dann auch noch so kurzfristig? Das kriegt doch jetzt keiner mehr gebacken. Außerdem haben wir Weihnachtsgeschäft im Büchernest, und das geht vor.«

Die Worte *Das kriegt doch jetzt keiner mehr gebacken* ließen mich aufhorchen. Sie klangen nämlich nicht so, als käme eine Hochzeit für Bea *grundsätzlich* auf gar keinen Fall in Frage, sondern eher danach, dass sie sich genügend Zeit für die Vorbereitungen wünschte. Das sahen Vero und Paula offenbar ebenso, denn beide schmunzelten, taten aber, als nähmen sie Beas vehementes Nein für bare Münze.

»Du, sag mal«, fragte Bea und wandte sich mit zusammengekniffenen Augen an Paula. »Wann wolltet ihr noch mal weg? Heute oder morgen?«

»Wir fahren heute Nachmittag mit dem Autozug nach Hamburg, und dann geht es morgen früh endlich los mit unserer großen Reise quer durch Europa!«, antwortete diese. »Wieso fragst du?«

»Könnte ich vielleicht ein paar Tage in euer Haus ziehen, wenn ihr abgereist seid? Bis sich die Wogen ein bisschen geglättet haben?«

Mir fiel beinahe die Kinnlade herunter. Was war denn in Bea gefahren?

»Im Prinzip gern«, antwortete Paula, ebenfalls sichtlich irritiert. »Du weißt, dass du Patrick und mir jederzeit willkommen bist. Und Olli würde sich bestimmt auch freuen.«

»Worüber würde ich mich freuen?«, fragte Olli wie aufs Stichwort. »Wobei, ich freue mich ja fast immer über alles.« Ich schaute auf die Uhr. Pünktlich wie ein Uhrwerk war unser Mädchen für alles fünf Minuten vor neun im Büchernest eingetroffen. Olli sah mit seinem smarten Lächeln und den verstrubbelten, hellblonden Haaren wieder so attraktiv aus, dass ich mich wunderte, dass es ihm immer noch nicht gelungen war, einen Mann zu finden, der ihn so liebte, wie er es verdiente.

Bea straffte die Schultern und reckte energisch das Kinn. »Dann ist es also abgemacht«, konstatierte sie. »Ich wohne so lange in eurem Haus, bis ich Adalbert wieder unter die Augen treten kann, ohne den Wunsch zu verspüren, ihm eins überzubraten. Danke, Paula, du bist ein Schatz.«

Olli schaute nun betreten drein und streichelte seiner Chefin sanft über die Schulter. Er war Ende zwanzig und arbeitete genauso lange wie Paula bei uns im Büchernest. Die beiden waren dicke Freunde, und Olli lebte zusammen mit ihr in einem entzückenden Haus am Keitumer Watt, das Paula von Adalbert gemietet hatte, als dieser zu Bea ins Kapitänshaus gezogen war. »Du weißt, dass ich mir kaum eine lustigere und schärfere WG-Braut wünschen kann als dich, Bea. Aber solltest du dich nicht lieber wieder mit Adalbert vertragen? Er hat doch nichts Schlimmes gemacht. Er liebt dich und möchte dich gerne heiraten, das ist alles. Ich wünschte, es gäbe in meinem Leben einen Mann, der mich so lieben würde wie Adalbert dich.«

Bea zeigte sich vollkommen unbeeindruckt, auch wenn keiner von uns begriff, wieso sie so hart gegen sich selbst und Adalbert war. »Das ist ja alles schön und gut, aber der Zweck heiligt nun mal nicht die Mittel. Der spinnt doch, einfach so vor euch allen um meine Hand zu bitten. Das ist Erpressung, wenn ihr mich fragt. Auf Erpressung kann man nur mit Härte reagieren, und genau deswegen ziehe ich heute noch zu euch ins Watthaus, Olli. Du müsstest bitte mein Auto in Kampen abholen, während ich meine Sachen packe, und mich später einsammeln. Geht das?«

»Aber natürlich«, murmelte Olli und hängte einen Beutel Cranberry-Tee in seinen Keramikbecher mit Tannenbaum-Motiv, den ich ihm letztes Jahr zum Nikolaus geschenkt hatte. »Vielleicht helfen dir ja ein paar Tage Auszeit, um ein bisschen Dampf abzulassen.«

Paula räusperte sich und trank ihren Kaffee in einem Zug leer. »So, ich muss nur eben noch ein paar Telefonate mit einigen Eltern führen, dann sage ich auch schon tschüss. Wird komisch sein, zwei Monate ohne euch, das Büchernest und meine Inselkrabben.«

»Dafür haben du und Patrick endlich mal wieder richtig

Zeit füreinander«, entgegnete ich. »Bei all der Pendelei zwischen Hamburg und Sylt und der vielen Arbeit bleibt euch ja kaum noch Zweisamkeit. Außerdem habt ihr euch den langen Urlaub und die schöne Europareise verdient, nachdem es im letzten Jahr schon nicht geklappt hat. So, ich muss jetzt aufschließen. Bis nachher.« Mit diesen Worten ging ich die Treppe hinunter und sah mit Erstaunen, dass schon einige Kunden vor der Glastür warteten. Es war mittlerweile zehn nach neun, ich war in der Tat zu spät dran. Ich begrüßte die Wartenden mit dem auf Sylt üblichen »Moin«, ließ sie in die warme Buchhandlung und sah, wie mein Atem kleine Wölkchen bildete. Es war mit minus zehn Grad lausig kalt. Viel zu kalt für Schnee. Rieke würde Handschuhe brauchen, wenn sie die Ständer mit den Postkarten und Kalendern nach draußen schaffte.

Aber wo war Rieke eigentlich?

Und Tinka?

Irritiert stellte ich fest, dass dieser Montagmorgen ganz anders verlief als erwartet oder geplant.

Und damit meinte ich nicht nur Beas dramatische Überreaktion. Auch Leon war heute Morgen ungewöhnlich brummig gewesen, bevor er zur Arbeit gegangen war.

»Tut mir leid, ich hab total verpennt«, sagte Rieke, die an mir vorbei in den Laden stürmte und einen Schwall Kälte mit sich brachte. Sie schmiss ihre überdimensional große Tasche hinter die Ladentheke, auf der die Kasse stand, und begann dann, einen Postkartenständer nach dem anderen vor das Büchernest zu schieben. Dabei wippte die hellblaue Bommelmütze fröhlich auf ihrem Kopf, wohingegen Rieke selbst wirkte, als hätte sie in eine Zitrone gebissen.

Was war denn heute nur los?

Kopfschüttelnd ging ich hinüber ins Café, wo Vero gerade dabei war, kleine Glasfläschchen mit Tannenzweigen, um die sie rot-weiß karierte Schleifen gebunden hatte, auf die einzelnen Tische zu verteilen. Zumindest hier hatte alles seine Ordnung.

Veros Stammgast Fiete war ebenfalls im Anmarsch, um seine geliebten Spiegeleier zu bestellen.

Und es duftete nach heißer Schokolade und frisch gebackenen Pfannkuchen, die Vero in der Adventszeit auf die Speisekarte gesetzt hatte. Ich nickte Vero, die die Kissen auf der weiß lackierten Sitzbank am Fenster aufschüttelte, kurz zu und ging dann wieder zurück in den Laden.

Dort belagerten die Kunden Rieke, die gar nicht wusste, was sie zuerst tun sollte. Und plötzlich fiel mir siedend heiß ein, wieso halb Keitum um diese Zeit schon auf den Beinen war, um das Büchernest zu stürmen: Heute war der fünfte Dezember, und die Kunden waren auf der Suche nach kleinen Geschenken, die sie ihren Liebsten am Abend in die Stiefel stecken konnten, schließlich war morgen Nikolaus. Mit Schrecken stellte ich fest, dass ich noch gar nichts für Leon hatte. Für Liuna-Marie hingegen eine ganze Menge. Während Rieke und ich um die Wette Geschenke einpackten und kassierten, sah ich beim Aufblicken Bea mit ihrer guten Freundin Inken reden. Neben den beiden stand ein hübsches Mädchen mit blonden, halblangen Haaren und einer schwarzen Nerd-Brille auf der Nase: Tinka, unsere neue Praktikantin aus Berlin. Die drei unterhielten sich angeregt, ohne sich von dem Trubel, der sie umgab, auch nur im Geringsten beeindrucken zu lassen.

»Äh, Bea, ich brauch dich hier mal!«, rief ich zwischendurch, weil Rieke gerade damit beschäftigt war, besonders viele Kleinigkeiten einzeln zu verpacken, und die Schlange sich einmal um die Kasse wand. Doch Bea reagierte nicht, so dass ich zu ihr gehen und sie um Hilfe bitten musste. Erst jetzt schien sie zu registrieren, wie viele Kunden darauf warteten, bedient zu werden, und wirkte ein wenig so, als wüsste sie gar nicht, wo sie sei.

Mann, Mann, Mann – war die heute neben der Spur.

»Tinka, schön, dass du da bist, ich bin gleich bei dir«, rief ich über das Getöse hinweg. »Geht doch sonst schon mal nach oben, Inken. Du kennst dich ja bei uns aus.«

Nachdem Tinka und ihre Großmutter die Treppe hinaufgegangen waren, hatten Rieke und ich einen kurzen Moment, um durchzuatmen. Und Bea war auf einmal wie vom Erdboden verschluckt, was ich überhaupt nicht lustig fand.

Wenn das heute so weiterging, würde ich keine Zeit haben, um mich gemütlich mit Nele zum Tee zu treffen. Es sei denn, Tinka erwies sich als Naturtalent im Geschenkeverpacken und Kassieren.

Wieso musste Bea ausgerechnet heute ausziehen?

Sie würde garantiert Stunden brauchen, um sich zu entscheiden, was sie alles mit ins Watthaus nehmen würde. Außerdem musste sie doch noch mit Adalbert sprechen.

Oder hatte sie womöglich vor, ihn auch über ihren vorläufigen Umzug in Unkenntnis zu lassen?

Und wann wollte sie mir eigentlich bei der Vorbereitung der Buchpräsentation, die um neunzehn Uhr stattfinden sollte, helfen? Ich musste später dringend mit ihr reden und sie bitten, ihre akute Adalbert-Krise wenigstens um einen Tag zu verschieben.

»Kann ich dich einen Moment alleine lassen und zu Inken und Tinka nach oben gehen? Ich bringe dir dann Tinka gleich runter, nachdem ich ihr alles erklärt habe. Dann zeigst du ihr, wie wir im Büchernest die Geschenke verpacken, und hast zumindest für heute das Thema von der Hacke.«

»Jou, alles klar«, antwortete Rieke, und ich ging wieder nach oben. Zum Glück ließ Rieke sich nicht so schnell erschüttern.

»Moin, Tinka, willkommen auf Sylt. Wie lange bist du denn schon bei uns auf der Insel?«, fragte ich, als ich die neue Praktikantin in der Küche beim Plausch mit ihrer Oma antraf. Tinka lächelte ein wenig verlegen, Teenager eben. »Seit Samstagmittag. Ich wollte ein bisschen früher kommen, um Okke und die Clique im Twisters zu treffen. Hab die alle schon viel zu lange nicht mehr gesehen.«

»Mmh, ich liebe die Süßkartoffel-Pommes im Twisters, darin könnte ich mich wälzen«, antwortete ich, konnte mich aber zugleich nicht mehr erinnern, wann ich zuletzt in dem coolen Surfer-Imbiss in der Paulstraße in Westerland gewesen war. Seit der Geburt von Liuna-Marie war ich kaum aus Keitum herausgekommen. Besorgungen in Westerland übernahm Leon, weil er sowieso täglich dort war. Die Inselspitzen List und Hörnum hatte ich auch schon seit Ewigkeiten nicht mehr gesehen … So ein kleines Kind veränderte die Lebensgewohnheiten eben doch sehr.

Nachdem ich Tinka erklärt hatte, wo sie ihre Sachen lassen konnte und wie ihre künftigen Aufgaben aussahen, gingen wir gemeinsam nach unten, gefolgt von Inken, die ihrer Enkelin einen Kuss auf die Wange gab und sich verabschiedete.

Dann übergab ich Tinka Riekes Obhut.

Die beiden würden sich bestimmt gut verstehen, also konnte ich mich auf die Suche nach Bea machen.

Und die war genau dort, wo ich sie als Erstes vermutet hatte, nämlich nebenan im Café. Dummerweise trank sie schon wieder Kaffee. Leichenblass im Gesicht und mit zitternden Händen, einen leichten Schweißfilm auf ihrer vom Alter fein gekräuselten Oberlippe.

»Hey, du siehst aber gar nicht gut aus«, sagte ich und setzte mich auf den Stuhl neben ihr. »Meinst du nicht, du solltest das mit dem Kaffee lieber lassen?«

Bea antwortete nicht, starrte nur stur geradeaus und dachte gar nicht daran, mich anzusehen. Im Hintergrund konnte ich Vero mit den Töpfen klappern hören. »Ist alles okay bei dir?«, startete ich einen nächsten Versuch, sie zum Sprechen zu bewegen. »Soll Olli mir helfen, die Buchpräsentation vorzubereiten?«

Nun schaute Bea mich an, allerdings mit leerem Blick. »Welche Buchpräsentation?«, fragte sie und wirkte, als würde sie angestrengt nachdenken.

Schauer überliefen meinen Körper, eine Flut von Bildern stürzte plötzlich über mich herein: Bea, die vor dem Kühlschrank stand und nicht mehr wusste, was sie dort gesucht hatte.

Bea, wie sie nach ihrem Schlüssel kramte und Adalbert ihn schließlich in der Trommel der Waschmaschine wiederfand.

Bea, die den Geburtstag ihrer guten Freundin Inken verpasst hatte und eine Woche später bei ihr auftauchte, weil sie glaubte, die Feier würde an diesem Abend stattfinden.

Ich wagte nicht, den Gedanken, der sich heimtückisch an mich heranpirschte, zu Ende zu denken.

Dann schlug sie sich mit der flachen Hand an die Stirn. »Oje, unsere Buchempfehlungen für Weihnachten, die hab ich ja in all dem Wirrwarr wegen Adalbert total vergessen! Ich sage Olli gleich, dass ich erst morgen umziehe, in Ordnung, Lissy?«

Beklommen nickte ich und versuchte, mich mit aller Macht gegen meine Angst zu wehren.

Nicht auszudenken, wenn Bea tatsächlich hatte, was ich gerade befürchtete …

4.

»Nanu? Wer ist das denn so früh?«, fragte Leon, als es um halb acht an der Haustür klingelte. »Erwartest du jemanden?«

Ich schüttelte den Kopf und fütterte Liuna-Marie weiter mit Früchtebrei, weil sie heute Morgen so müde war, dass sie beinahe beim Essen einschlief.

Leon stand vom Küchentisch auf und öffnete die Haustür.

»Moin, hat jemand von euch Lust auf frische Brötchen?«, tönte Neles Stimme durch den Flur. Keine Sekunde später stand sie neben mir und gab erst meinem Töchterchen und dann mir einen Kuss auf die Wange.

»Alles in Ordnung bei dir?«, fragte ich grinsend und nahm ihr die Brötchentüte ab. »Bist du aus dem Bett gefallen, oder warst du gar nicht erst drin?« Es war schön, Nele wenigstens heute zu sehen, nachdem ich unsere gestrige Verabredung wegen des ganzen Trubels hatte absagen müssen.

»Ich würde ja gern noch mit euch beiden Hübschen quatschen, aber ich muss jetzt los. Habt einen schönen Tag«, rief Leon vom Flur aus. »Bis heute Abend.«

Ich ging kurz hinaus, um ihn zu umarmen, und dann wieder zurück in die Küche, wo Nele sich inzwischen ein weiteres

Gedeck aufgelegt und Tee eingeschenkt hatte. Neben meinem Teller stand ein etwa zehn Zentimeter hoher Stiefel aus dunkelrotem Filz mit Puschel-Besatz aus weißer Watte.

»Happy Nikolaus«, sagte Nele schmunzelnd, und ich untersuchte verwundert den Inhalt des Stiefels. Zugleich hatte ich ein schlechtes Gewissen, weil ich kein Geschenk für meine Freundin hatte. Schließlich hatte ich bis Sonntag gar nicht gewusst, dass sie hier sein würde, und der gestrige Tag war viel zu durchgeknallt gewesen, um daran zu denken, auch Nele etwas zu besorgen. Selbst Leon hatte sich heute Morgen mit einer simplen Packung Marzipan begnügen müssen, die ich in seinem Hausschuh versteckt hatte, während er im Bad gewesen war. Früher hatte ich ihm selbst gemachte Adventskalender geschenkt, mit kleinen Geschenken, die ihm zeigen sollten, wie sehr ich ihn liebte. Allerdings war da unsere Tochter noch nicht auf der Welt gewesen.

»Aber du sollst doch nicht …«, protestierte ich und zog neben einer kleinen knuffigen Stoffmaus für Liuna-Marie einen Gutschein für einen Wellness-Tag im A-Rosa-Spa in List heraus, mit dem Datum von heute.

Der Gedanke, einfach mal dem Alltag zu entfliehen und mich so richtig verwöhnen zu lassen, war äußerst verlockend. Eine Massage würde nicht nur meinem Rücken guttun, sondern auch meiner Seele. Genau wie Saunagänge und Schwimmen und das Seewelle-Meersalzpeeling, das für uns beide gebucht war.

»Keine Sorge, Lissy, es ist alles geregelt«, kam Nele meinem Protest zuvor. »Rieke, Bea und Olli schmeißen heute den Laden, außerdem ist Tinka auch noch da. Und um Liuna-Marie kümmert sich Anke ausnahmsweise den ganzen Tag, Leon wird sie später dort abholen, während wir beide genüsslich in der Sansibar speisen. Das habe ich gestern heimlich mit ihm abgemacht. Das Abendessen in der Sansi ist übrigens mein vorgezogenes Weihnachtsgeschenk für dich.«

Wellness-Tag?! Sansibar?!

Ich wagte kaum zu atmen, so überwältigt und gerührt war ich von Neles spontaner Einladung. »Hast du im Lotto gewonnen?«, fragte ich und überlegte, ob ich überhaupt repräsentabel genug fürs Spa aussah. Und wo mein Badeanzug und die Flip-Flops waren.

»Paulas ehemalige Galerie hat gerade wieder eines meiner Bilder verkauft, und zwar für einen sehr guten Preis. Also mach dir keine Gedanken, sondern trink deinen Tee aus, pack deine Sachen und dann nichts wie ab nach List. Du hast dir einen Tag Auszeit mehr als verdient.«

Gesagt – getan. Eine Stunde später fuhren wir mit meinem Auto in Richtung der Nordspitze Sylts.

Kurz darauf saßen Nele und ich – zum Glück fast allein – in der Sauna des Spa Resorts. Ich atmete den Duft von Eukalyptus und Rosmarin ein und ließ mich von sanftem Vogelgezwitscher einlullen. Nach der eisigen Kälte der vergangenen Tage tat es gut, jede Faser des Körpers einmal so richtig durchzuwärmen. Nele lag eine Etage über mir. Sie vertrug eindeutig mehr Hitze als ich und hatte sich genüsslich auf dem flauschigen Saunatuch ausgestreckt.

»Ich bin im Himmel«, murmelte ich, nachdem ich nach einer erfrischenden Runde im Pool neben Nele in eine Fleecedecke gekuschelt im Ruhebereich lag und frisch gepressten Orangensaft trank. Auch hier war es ziemlich leer, was daran lag, dass zurzeit einfach keine Saison auf der Insel war. »Weißt du, wie lange ich so was nicht mehr gemacht habe? Ich kann mich gar nicht mehr daran erinnern.«

»Was man – ehrlich gesagt – an deinem Badeanzug sieht«, entgegnete Nele kichernd. »Von wann ist der eigentlich? Aus den Neunzigern? Ich glaube, wir müssen mal shoppen gehen. Und zum Friseur. Du kannst doch nicht ewig mit deinem Klein-Mädchen-Zopf herumrennen. Außerdem habe ich graue Haare entdeckt, aber das nur so am Rande.«

Ich warf Nele ein Kissen an den Kopf, was zur Folge hatte, dass sich ihre karottenrote Turmfrisur, die kunstvoll in ein Frotteehandtuch gewickelt war, aus dem Turban löste und über die Schultern ergoss. Nele war mit ihren grünen Katzenaugen und den wilden, roten Locken eine interessante und bildschöne Frau, die zudem auch noch ein Händchen für Styling hatte und daher immer originell und toll gekleidet war. Ich hielt es hingegen momentan eher simpel: Jeans, Hoodie oder Wollpullover beziehungsweise T-Shirt, je nach Jahreszeit und Temperatur. Meine Frisur und meine Kleidung sollten vor allem praktisch sein, damit ich nach Herzenslust mit Liuna-Marie auf dem Fußboden herumrobben oder im Büchernest umherwirbeln konnte.

Mit einem Mal beschlich mich die bange Frage, ob ich Leon in diesem Look überhaupt noch gefiel.

Wann hatte er mich zuletzt in einem Rock oder Kleid und mit Schuhen gesehen, deren Absatz höher als zwei Zentimeter war?

»Erzähl mir mal lieber was von dir, anstatt an meinem Aussehen herumzunörgeln«, versuchte ich mich von dem unguten Gefühl abzulenken, das mich gerade beschlich. »Wir haben zwar ohne Ende geskypt, aber du hast mir nie so richtig gesagt, wie es dir wirklich mit dieser ganzen Herumreiserei geht. Kommst du denn überhaupt noch in Ruhe zum Malen?«

Nele räusperte sich, ein untrügliches Zeichen dafür, dass ich das falsche Thema angesprochen hatte. Bei unseren letzten Skype-Telefonaten hatte sie immer betont aufgekratzt gewirkt und pausenlos erzählt, wie blendend es ihr ging. Auf mich hatten ihre Erzählungen allerdings eher den Eindruck einer Rastlosen gemacht, der es an Bodenhaftung mangelte. »Und was macht eigentlich die Liebe? Ich habe lange nichts mehr von einem Mann gehört.« Nun verdüsterte sich Neles Miene endgültig, und sie schlang sich wieder das Handtuch um die Löwenmähne.

»Das Thema habe ich mir endgültig aus dem Kopf geschlagen«, antwortete sie und nestelte an der Schlaufe ihres Bademantels herum. »Du weißt, dass ich ein fatales Händchen für die falschen Männer habe. Sie sind entweder verheiratet oder gerade frisch getrennt, hängen aber immer noch an ihrer Ex. Oder sie haben den totalen Sockenschuss, was ich aber meist erst herausfinde, wenn es zu spät ist. Ganz ehrlich? Ich hab's satt. Und ich glaube bald an gar nichts mehr. Besser, ich finde mich damit ab, dass es in meinem Leben keinen Mann wie Adalbert geben wird, der mich anschmachtet und sogar heiraten will.«

Das Wort *heiraten* wirkte wie ein Fremdwort aus Neles Mund. Meine Freundin war ein bunter, exotischer Schmetterling, der hin und her flatterte, sich für vieles schnell begeisterte, aber ebenso schnell das Interesse verlor. Die einzige Konstante in ihrem Leben bildete die Kunst: Neben dem Malen wunderschöner, mittlerweile sehr gut verkäuflicher Acryl-Bilder zählte dazu auch das Illustrieren von Kinderbüchern.

»So ein Blödsinn«, erwiderte ich. »Schau dich doch mal an. Du bist wunderhübsch, interessant, klug, und es wird nie langweilig mit dir. Irgendwo wartet schon der Richtige auf dich, da bin ich mir ganz sicher. Und wenn nicht, dann backen wir dir eben einen.«

»Lass das mal lieber Bea machen, die ist ja seit neuestem Expertin auf dem Gebiet«, antwortete Nele kichernd. Ihre Sorgenfalte auf der Stirn hatte sich wieder geglättet, die grünen Augen funkelten wieder.

Das war der Vorteil ihrer sprunghaften Launen: Wie bei einem kleinen Kind wechselten sich Regen und Sonnenschein minütlich ab. »Der Pavillon ist übrigens superschnuckelig geworden. Da könnte ich es eine Weile aushalten, wenn Bea mich dort wohnen lässt.«

»Willst du denn diesmal länger bleiben?«, fragte ich hoffnungsvoll. Es wäre ein absoluter Traum, Nele wieder dauerhaft auf Sylt zu wissen.

»Mal schauen …«, antwortete sie vage. »Lust hätte ich ja schon. Aber du kennst mich. Spätestens nach zwei Wochen habe ich wieder Hummeln im Hintern und das Gefühl, hier wegzumüssen. Diese Insel ist doch recht klein, wenn man auf Dauer hier lebt, erst recht im Winter. Bei dir ist das etwas anderes, weil du hier ein erfülltes Leben mit Leon und Liuna-Marie, mit Paula und den anderen hast. Von Bea mal ganz zu schweigen. Apropos: Was gibt es denn Neues an der Hochzeitsfront? Ich habe Bea seit Sonntag nicht mehr gesehen. Adalbert hat mir den Pavillon zurechtgemacht und sich darum gekümmert, dass ich alles habe, was ich brauche.«

»Bea wohnt seit gestern Abend im Haus von Paula und Olli. Sie ist supergenervt von Adalberts Antrag und nimmt sich jetzt ein paar Tage Auszeit, um ungestört schmollen zu können«, antwortete ich und fragte mich, ob ich Nele von meiner Sorge um Bea und ihrem seltsamen Verhalten erzählen sollte. Doch dann entschied ich mich dagegen. Schließlich war der heutige Tag dazu gedacht, meinen Energietank wieder aufzufüllen, damit ich genug Kraft für das bevorstehende Weihnachtsgeschäft und alles hatte, was die Adventszeit an Aktivitäten mit sich bringen würde – wie zum Beispiel Veranstaltungen im Rahmen der Reihe *Lebendiger Adventskalender*. Plätzchen backen, Weihnachtsgeschenke kaufen, das Haus auf Hochglanz polieren, alles für die Inventur vorbereiten, die im neuen Jahr anstand. Und die Kataloge der Verlage mit den Neuerscheinungen durchschauen, bevor sich ab Januar die Verlagsvertreter im Büchernest die Klinke in die Hand gaben. Ein Haufen Arbeit, auf den ich mich zwar freute, der aber immer mehr zum Kraftakt wurde, seitdem Liuna-Marie auf der Welt war. Zeit für mich selbst war zum Luxus geworden.

Umso mehr genoss ich die entspannende Massage und das Meersalz-Peeling. Nachdem wir uns ausgiebig hatten verwöhnen lassen und zwischen den Anwendungen immer wieder entspannt weggedöst waren, fuhren wir schließlich von List in die entgegengesetzte Richtung nach Rantum, wo Nele nach rechts auf den großen Parkplatz vor der Sansibar abbog. Mittlerweile knurrte mein Magen unüberhörbar, und ich freute mich riesig auf das leckere Abendessen bei Kerzenschein.

Auch an diesem Ort war ich seit Ewigkeiten nicht mehr gewesen.

Nele hingegen schaute in dem Szene-Restaurant immer mal wieder vorbei, wenn sie auf Sylt einen ihrer berühmten Insel-Stopps einlegte.

»Ihr Tisch ist da vorne, mit Blick auf die Dünen, Frau Sievers«, sagte ein freundlicher, äußerst smarter Kellner zur Begrüßung und brachte uns dann die Speisekarte.

»Ist das nicht traumhaft?«, fragte ich, nachdem wir uns an den rustikalen Holztisch gesetzt hatten. »Dieser unverstellte Blick auf die Dünen und das mit Raureif bedeckte Seegras …« Ich wandte meinen Blick vom Fenster ab und ließ ihn durch den Innenraum wandern, der in einen goldenen Schimmer getaucht war. Überall brannten Lampen und verbreiteten eine heimelige Stimmung. »Danke für dieses tolle Geschenk«, sagte ich gerührt. »Ich weiß gar nicht, wie ich mich dafür revanchieren soll.«

»Ach was, revanchieren«, winkte Nele ab und bestellte – ohne mich zu fragen – Rosé-Prosecco als Aperitif. Sie wusste eben genau, was ich mochte. »Genieß es einfach, und mach dir keine Gedanken. Wozu hat man schließlich eine Freundin, wenn nicht, um sie auch mal zu verwöhnen und ihr eine Freude zu machen? Und falls du es vergessen haben solltest: Du hast auch schon jede Menge für mich getan!« Nele prostete mir zu und nahm einen Schluck von ihrem Prosecco. »Aber was ich dich schon die ganze Zeit fragen wollte: Was genau macht Bea eigentlich so fuchsig an Adalberts Antrag? Die beiden leben doch ohnehin schon zusammen, und das klappt doch so weit ganz gut, oder etwa nicht?«

»Im Grunde ja«, antwortete ich gedehnt, weil ich mir selbst kaum erklären konnte, was Bea in letzter Konsequenz davon abhielt, sich ganz auf Adalbert einzulassen. »Manchmal ist Adalbert ihr aber wohl zu lieb und anhänglich. Und sie braucht viel Zeit und Raum für sich, wie zum Beispiel ihr eigenes Schlafzimmer. Sie ist schon so, seit ich denken kann, aber ich habe den Eindruck, dass ihre Marotten im letzten Jahr ein wenig zugenommen haben … genau wie … ihre Vergesslichkeit.«

So, jetzt war es raus.

Auch wenn ich das schöne Abendessen eigentlich nicht mit diesem Problemthema hatte belasten wollen. Andererseits konnte ich außer mit Leon mit niemandem über meine Sorgen reden, da ich weder Vero noch Adalbert beunruhigen wollte.

Und Nele liebte Bea.

»Wie meinst du das genau?«, fragte sie bestürzt. »Meinst du … also willst du damit andeuten, dass …« Auch ihr fiel es sichtlich schwer, das Wort *Demenz* auszusprechen.

»Ganz ehrlich, ich weiß es nicht. Bea hat immer wieder Phasen, in denen sie vollkommen klar und konzentriert ist, und dann macht sie wiederum Sachen, die ich mir kaum erklären kann. Ein bisschen schusselig sind wir ja im Alltag alle mal, aber keiner von uns steckt den Haustürschlüssel in die Waschmaschine oder kommt eine Woche später zu einer Geburtstagseinladung.«

»Dann muss die Ursache für Beas Vergesslichkeit schleunigst geklärt werden«, sagte Nele resolut und tippte etwas in ihr Smartphone ein. »Hast du denn schon mal mit ihr über deine Beobachtungen gesprochen und ihr vorgeschlagen, einen Arzt zu konsultieren?«

Ich schüttelte den Kopf. So richtig waren mir die Zusammenhänge ja auch gerade erst klargeworden. »Nein, habe ich nicht. Und ich weiß auch gar nicht, wie ich das anstellen soll. Du kennst doch Bea. Entweder sie kommt selbst drauf, oder ich kann es gleich lassen. Was hat sie für ein Theater gemacht, als Adalbert gesagt hat, dass er ihr Schnarchen sogar durch die Wand hören kann! Danach war sie total eingeschnappt und hat tagelang nicht mit dem armen Kerl gesprochen, obwohl er recht hat. Auch Vero weigert sich inzwischen, auf Reisen ein Zimmer mit Bea zu teilen, weil sie das Geschnarche sogar durch die Ohrstöpsel hindurch hört und kein Auge zubekommt. Ein Wunder, dass Bea bei diesem Lärm selbst schläft.«

»Aber vielleicht kann sie das ja auch gar nicht …«, murmelte Nele mit Blick auf ihr Handy. »Ich habe gerade mal das Stichwort *Vergesslichkeit* gegoogelt. Da steht, dass auch Schlafapnoe eine Ursache dafür sein kann. Hier, schau mal. Man muss ja nicht immer gleich vom Schlimmsten ausgehen.«

Ich überflog die Seite und klammerte mich an den vermeintlichen Rettungsanker, den Nele mir zugeworfen hatte. Um herauszufinden, ob an dieser Theorie etwas dran war, würde ich allerdings meine ganze Überredungskunst aufbringen müssen, denn es entsprach garantiert nicht Beas Vorstellung von einer schönen Nacht, diese im Schlaflabor zu verbringen.

Und erst recht nicht so kurz vor Weihnachten …

5.

»Hast du Lust, heute Nachmittag mit mir auf den Weihnachtsmarkt zu gehen?«, fragte ich Bea am nächsten Vormittag, als ich mich – erfrischt durch das gestrige Wellness-Programm – im Büchernest ans Werk machte.

Bea half Tinka gerade dabei, das große Schaufenster leer zu räumen, um später darin die neuen Jahreskalender zu dekorieren. Rieke beriet unterdessen Kunden, und Olli wirbelte, fröhlich *Last Christmas* summend, an der Kasse herum.

»Auf welchen Weihnachtsmarkt denn bitte schön?«, fragte Bea sichtlich erstaunt. »Die meisten finden doch erst ab dem achtzehnten Dezember statt, und der Jule-Basar in der Hans-Meng-Skolen war schon Anfang November.«

Nun kam ich etwas ins Schleudern, weil ich im Grunde nur nach einem Vorwand gesucht hatte, um Bea auf den Zahn zu fühlen. Und ich hatte gehofft, dass ein Glühwein mit Schuss sie vielleicht ein bisschen auflockern würde.

»Wir können auch einfach an einer der Buden in der Friedrichstraße etwas trinken und danach am Strand spazieren gehen«, schlug ich vor in der Hoffnung, dass Bea auf meine Idee ansprang. »Dabei könnte ich dich betrunken machen, dich unauffällig nach deiner geheimen Wunschliste ausfragen«, zählte ich auf und setzte grinsend ein »und sie dann an den Weihnachtsmann weiterleiten« drauf. »Außerdem würde ich gern noch nach einer Mütze für Liuna-Marie suchen, weil sie die letzte schon wieder irgendwo verloren hat.«

Meine kleine Tochter war Weltmeisterin darin, alles, was nicht an ihrem Körper oder am Buggy befestigt war, fallen zu lassen und damit auf Nimmerwiedersehen zu verlieren. »Bei Jensen finde ich bestimmt etwas«, sagte ich und hoffte, dass das Kaufhaus unter der Woche nicht ganz so voll war.

Bea nickte zustimmend. »Gut, dann lass uns das machen, ich muss eh noch was bei Jensen besorgen. Außerdem wollte ich mich auch mal in dieser schönen Boutique mit den skandinavischen Kleidern und Schals umschauen. Hab nur gerade den Namen des Geschäfts vergessen …«, murmelte sie und starrte angestrengt vor sich hin.

Das Wort *vergessen* durchzuckte mich wie ein Blitz und fuhr mir mitten ins Herz. Ich musste Bea unbedingt davon überzeugen, zum Arzt zu gehen und sich gründlich untersuchen zu lassen.

Und was wollte meine Tante, eine klassische Hosenträgerin und gänzlich uneitel, eigentlich mit einem Kleid?

Nachdem wir vereinbart hatten, um spätestens sechzehn Uhr nach Westerland zu fahren, musste ich mich um einen Babysitter für Liuna-Marie kümmern. Zum Glück konnte Leon sich Arbeit mit nach Hause nehmen, die Kleine abholen und mich auf diese Weise entlasten.

»Wann sehen wir beide uns eigentlich mal wieder in Ruhe?«, fragte er, nachdem wir telefonisch alles Wichtige geklärt hatten. Ich saß in meinem Büro und trank gerade einen Becher heißes Wasser mit frischem Ingwer, je einer Scheibe

Zitrone und Orange sowie einem Löffel Honig. Mein momentanes Lieblingsgetränk, um mich aufzuwärmen und das Immunsystem zu stärken. »Momentan geben wir uns doch nur noch die Klinke in die Hand, besprechen Organisatorisches, haben Besuch, oder du kommst spät heim, weil du noch im Laden zu tun hast. Ich vermisse dich, Lissy. Ich vermisse meine tolle Frau.«

Oh nein, nicht auch das noch!

Wie oft hatte ich in Magazinen gelesen – oder von Bekannten gehört –, dass Männer sich schnell vernachlässigt fühlten, sobald ein Kind die Aufmerksamkeit der Mutter beanspruchte. Und wenn diese Mutter dann auch noch arbeitete, obwohl ihr Kind noch klein war, oder anderweitige Verpflichtungen hatte, kam die Liebe unweigerlich zu kurz. Doch genau das wollte ich vermeiden, denn ich liebte Leon über alles.

»Glaub mir, Schatz, ich würde auch gern mehr Zeit mit dir verbringen, gerade im Advent«, sagte ich mit einem wehmütigen Seufzer. »Aber momentan geht einfach so vieles drunter und drüber. Nele ist wieder da – und ich mache mir Sorgen um Bea. Ehrlich gesagt will ich gar keine Weihnachtseinkäufe mit ihr machen, sondern sie davon überzeugen, sich mal richtig durchchecken zu lassen.« Ich erzählte Leon von meiner Befürchtung, Bea könnte dement werden.

Einen Moment lang war es still in der Leitung, und ich hörte Leon schwer atmen. Dann sagte er: »Das solltest du in der Tat nicht auf die lange Bank schieben, denn jetzt, wo du es sagst, ergeben einige Merkwürdigkeiten in ihrem Verhalten im Nachhinein Sinn. Oder erklären zumindest einiges. Dann drücke ich dir mal die Daumen, dass es dir gelingt, Bea zu überzeugen – das stelle ich mir echt nicht ganz einfach vor.

Sag mir Bescheid, solltest du meine Hilfe brauchen. Ich rufe nachher mal Adalbert an und lade ihn zu uns ein. Sicher fühlt er sich einsam so ganz allein im Kapitänshaus. Und vielleicht kann ich ihn unauffällig aushorchen und dabei herausfinden, ob ihm ebenfalls etwas an Bea aufgefallen ist.«

»Das ist eine Superidee«, stimmte ich ihm zu. »Es ist noch Pastinakensuppe im Kühlschrank, und wir haben auch noch Unmengen von Plätzchen und Stollen übrig. Macht es euch gemütlich, und grüß Adalbert ganz lieb von mir. Er soll sich wegen Bea keine grauen Haare wachsen lassen, die kommt in ein paar Tagen sicher wieder zu ihm nach Hause.«

»Du vergisst, dass Adalbert schon weiße Haare hat«, entgegnete Leon lachend, und mir wurde warm ums Herz. Ich liebte sein Lachen und wollte es keinen Tag missen. Nein, ich durfte auf gar keinen Fall zulassen, dass Zeitmangel und andere Widrigkeiten sich negativ auf unsere Ehe auswirkten.

Vielleicht sollten wir Anfang Januar einfach mal zu dritt verreisen? Ja, das könnte in der Tat ein schönes Weihnachtsgeschenk für uns alle sein. Sobald ich einen Moment Luft hatte, um nachzudenken, würde ich mir ein schönes Reiseziel überlegen. Doch vorher musste ich noch mit Tinka die Dekoration des Schaufensters besprechen.

»Na, alles klar?«, fragte ich, nachdem ich wieder unten im Laden war. Tinka hatte alle Kalender auf einem Bücherwagen gestapelt. Auf der zweiten Etage des Wagens befanden sich Reise- und Gartenbücher sowie einige Kochbücher. Tinka deutete auf die Bildbände und Reiseführer und sagte in beinahe entschuldigendem Tonfall: »Ich dachte mir, es könnte ganz schön sein, zu den jeweiligen Kalender-Themen auch noch passende Bücher ins Schaufenster zu stellen. Die Leute machen ja am Ende des Jahres gern Pläne für das neue, und so verkaufen wir sicher noch das eine oder andere Buch zum Kalender dazu.«

Ich schmunzelte, weil Tinka schon *wir* sagte und mich an die Zeit vor vielen Jahren erinnerte, als ich selbst neu im Büchernest gewesen war und versucht hatte, Bea von Neuerungen zu überzeugen. Nicht immer mit Erfolg, denn meine Großtante war auch schon damals ein Sturkopf gewesen.

»Das ist eine sehr nette Idee, Tinka. Mach einfach, wie du denkst, und ich schaue mir das Ergebnis später an. Wäre übrigens toll, wenn du Rieke zwischenzeitlich die Social-Media-Arbeit bei Facebook abnehmen könntest. Aber nur, wenn du Lust zu so was hast.«

»Seid ihr denn nur bei Facebook?«, fragte Tinka und schaute dabei so ungläubig drein, als hätte ich gerade behauptet, das Internet sei abgeschafft worden. »Was ist mit Twitter, Pinterest, Snapchat und vor allem Instagram?«

Nun kam ich ins Schwimmen.

Twitter und Instagram waren mir natürlich ein Begriff. Allerdings hatte ich mich bisher noch nie ausführlicher damit beschäftigt, weil mir dazu schlicht die Zeit fehlte.

Aber was bitte waren Pinterest und Snapchat?!

»Wenn du magst, kannst du dich ja nachher mal mit Rieke zusammensetzen und das Büchernest bei all diesen Plattformen anmelden. Vorausgesetzt, das macht Sinn, passt zu unserer Buchhandlung und Rieke hat später Zeit, das alles zu pflegen. Ich bin nämlich kein Fan davon, solche Dinge anzufangen und dann wieder schleifen zu lassen.«

»Klar, das würde ich total gern machen«, antwortete Tinka und strahlte dabei über das ganze Gesicht. »Man könnte auch mal über einen YouTube-Kanal nachdenken, in dem Bea, du und Rieke eure Lieblingsbücher vorstellt. Und ihr könntet auch Lesungen, die hier stattfinden, ins Netz stellen. Ihr macht doch welche, oder? Ich glaube, ich war mal ganz früher bei einer Kinderbuchpremiere, als ich bei Oma und Opa in Morsum zu Besuch war.«

Ich erinnerte mich daran, dass bereits Rieke etwas in dieser Art vorgeschlagen hatte, doch irgendwie war das Ganze dann im Sande verlaufen. Mir schien, als sei es an der Zeit, mal wieder frischen Wind durchs Büchernest zu pusten. Aber momentan wusste ich gar nicht, was ich zuerst anpacken sollte, und war heilfroh, dass vor Februar nächsten Jahres keine Lesungen anstanden.

»Gute Idee, das mit YouTube. Ich würde gern live kochen und Rezepte aus dem Café vorstellen«, mischte sich nun auch Vero in die Unterhaltung ein. Beas beste Freundin umwehte ein köstlicher Duft von Äpfeln und Zimt. Vermutlich machte sie gerade in der Küche ihre berühmten Bratäpfel mit Preiselbeer-Marzipan-Füllung. »Sag mal, Lissy, was ich dich noch fragen wollte: Steht die Idee mit dem Lebendigen Adventskalender am Freitagabend noch? Und wenn ja, was wollen wir unseren Gästen anbieten?«

Himmel, das hatte ich ja total vergessen.

Freitag lasen nach Ladenschluss einige Sylter Autoren kleine Weihnachtsgeschichten für alle aus dem Dorf, die Zeit und Lust hatten, zu kommen. Traditionellerweise gab es zu diesem Anlass heißen Apfelpunsch mit Zimt, Friesen-Tee und Glühwein.

Und natürlich kleine Leckereien zum Naschen.

»Ehrlich gesagt habe ich gerade keinen blassen Schimmer«,

antwortete ich leicht betreten. »Hast du nicht irgendeine Idee? Sonst besorg ich dir gern ein paar Kochzeitschriften zur Inspiration, wenn du magst.«

»Oder du schaust mal in unseren Weihnachtsbüchern nach. Da vorne auf dem Sondertisch sind ein paar mit echt coolen Rezepten dabei, wie zum Beispiel karamellisierte Mandeln mit Meersalz oder Schokotrüffel«, schlug Tinka, die dem Gespräch interessiert folgte, grinsend vor. »Das wäre doch ein bisschen einfacher, oder?«

»Kluges Kind, kommst ganz nach deiner Oma«, lobte ich sie augenzwinkernd. »Ich glaube, ich sehe gerade den Wald vor lauter Weihnachtsbäumen nicht mehr. Also, Tinka. Hättest du zufällig Lust, Teil des Komitees für die Aktion Lebendiger Adventskalender zu werden? Hat zwar nicht wirklich etwas mit deinem Praktikum als Buchhändlerin zu tun, aber …«

»… es macht Spaß, und ich kann euch auch noch helfen«, ergänzte Tinka strahlend. »Ja, klar, ich bin gern dabei, wenn Vero nichts dagegen hat. Aber nur, damit ihr es wisst: Ich schnibbel auf gar keinen Fall Himbeeren klein – sonst mach ich fast alles.« Vero und ich schauten einander fragend an. »Weil ich Angst vor den Würmern drin habe«, erklärte Tinka. »Fragt meine Oma, die kennt das schon. Ich fange an zu schreien, wenn ich einen Wurm sehe, und das wollt ihr doch nicht, oder?«

»Nein, auf gar keinen Fall«, antworteten Vero und ich im Chor und prusteten laut los. Es tat gut, mal wieder so richtig schön albern zu sein.

Genauso unbeschwert ging es später mit Bea weiter.

Bei Leysieffer hatten wir uns zum Start unseres Bummels

einen Glühwein gegönnt, entsprechend angeheitert waren wir, als wir auf dem Weg zum Westerländer Kaufhaus H. B. Jensen an der Boutique vorbeikamen, die Bea für sich zum Shoppen im Auge gehabt hatte. Sie hieß Scandic und bot überwiegend skandinavische Modemarken und Deko-Accessoires an.

Bereits die Treppenstufen vor dem Geschäft in der Friedrichstraße waren aufwendig dekoriert und luden zum Stöbern und Entdecken ein.

»Meinst du, das steht mir?«, fragte Bea und hielt sich ein pinkfarbenes Wollkleid mit roten Ornamenten vor die Brust.

»Kommt darauf an, was du damit vorhast«, entgegnete ich leicht verunsichert. »Willst du zu einem Frühlingsball? Wo du doch so unheimlich gern tanzt.«

»Ein bisschen mehr Respekt vor deiner uralten Großtante, wenn ich dich bitten darf, ja?«, antwortete Bea und streichelte verzückt über den weichen Stoff. »Im tiefsten Inneren meines Herzens bin ich eine brasilianische Salsa-Tänzerin.«

»Du meinst Samba, oder?«, korrigierte ich sie schmunzelnd und versuchte, trotz der Verwechslung meine gute Laune zu bewahren.

»Nein, ich meine Salsa, so, wie man in Argentinien Wiener Walzer tanzt. Und Tango in Budapest.« Mir wurde abwechselnd heiß und kalt. Bis ich Beas triumphierendes Lächeln sah.

Alles klar – sie nahm mich auf den Arm. »Wo ist eigentlich dein Sinn für Humor geblieben, Lissy?«, fragte sie und musterte mich ernst. »Wenn man dich in den letzten Wochen so beobachtet, könnte man meinen, du willst den Preis für die korrekteste Frau des Jahres gewinnen. Sei doch mal ein bisschen locker. Also, wie findest du dieses hier?«

Bea hatte das pinke Kleid zurück auf die Stange gehängt und zeigte mir nun eines in Silbergrau, mit tiefem Ausschnitt, eng an der Taille anliegend, unten glockig fallend. Oberteil und Saum waren mit wunderhübschen weißen Mustern bestickt.

»Auch wenn du mich gerade total unlocker findest, muss ich leider sagen, dass das einen Tick zu mädchenhaft für dich ist. Wie wäre es denn stattdessen mit diesem hier?« Begeistert von meiner Entdeckung zog ich ein dunkelblaues, relativ gerade geschnittenes Wollkleid mit kleinen, grauen Sternchen am Saum hervor.

»Ich dachte bei dem Kleid eigentlich eher an dich. Probier es doch mal an.«

Aha! Daher wehte der Wind. Bea suchte gar nichts für sich, sondern nach einem Weihnachtsgeschenk für mich. Wie süß von ihr.

Und in der Tat. Das silbergraue Kleid stand mir genauso gut wie das dunkelblaue, das ich für Bea ausgesucht hatte. Nachdem sie mit einem Schal geliebäugelt hatte, verließen wir den Laden wenig später, bepackt mit je einer Einkaufstüte. Ich hatte auch noch hübsche knallbunte Handschuhe und eine Mütze für Nele entdeckt und war sehr glücklich. Nachdem wir bei Jensen ebenfalls fündig geworden waren, brachten wir unsere Einkäufe ins Auto.

»Hast du denn jetzt überhaupt noch Lust auf einen Strandspaziergang?«, fragte ich Bea.

»Aber klar doch. Nach dem ganzen Trubel in der Friedrichstraße würde ich jetzt gerne irgendwohin, wo es ein bisschen ruhiger ist. Was hältst du davon, in Richtung Ineke zu laufen?«

Ineke Alwarts war eine alte, wohlhabende Dame, die in einem Wäldchen nahe der Klinik von Westerland lebte – zurückgezogen und allein in einem kleinen Hexenhäuschen, wo sie in einem Atelier unterm Dach wunderschöne Kunstobjekte aus Sylter Strandgut kreierte. Vor zwei Jahren hatte Paula eine Ausstellung mit der eigenwilligen Künstlerin organisiert, die ungern in der Öffentlichkeit stand. Der Verkaufserlös der Objekte hatte den Grundstein zur Gründung der Inselkrabben gelegt. Also antwortete ich: »Gute Idee. Dann können wir sie auch gleich fragen, ob sie am Freitag zum Lebendigen Adventskalender kommen will.«

So stapften wir kurz darauf über den halb gefrorenen Strand in Richtung Klinik. Es war schon lange dunkel, und unser Weg wurde nur durch das Mondlicht, das Funkeln der Sterne und die Reflexion des Sandes erhellt. Eine magische Stimmung, die die Welt um uns herum mit einem Mal unwirklich erscheinen ließ. Wir sprachen beide kaum, und wenn, hatte ich das Gefühl, unsere Atemwolken würden gleich zu Eis gefrieren. Genau wie die Schollen, die auf der Nordsee schwammen, wie Treibgut.

Die Tetrapoden aus Beton, die dem Küstenschutz dienten, wirkten im fahlen Licht des Mondes wie gestrandete Kegelrobben oder Wesen aus einer fremden Galaxie. Als wir rechts abbogen, um zum Waldstück zu gelangen, atmete ich den frischen Duft von Tannennadeln ein, der sich mit dem der salzigen Nordseeluft zu einem einzigartigen Cocktail mischte. Der gefrorene Sand knirschte unter meinen Schuhen.

Inselwinter.

Inselweihnacht.

Wie viele Menschen gäben sonst etwas darum, häufiger hier sein zu können, und konnten doch nur wenige Tage ihres Urlaubs auf der Insel verbringen. Mir hingegen war das große Geschenk zuteilgeworden, auf Sylt leben und mittlerweile vollkommen heimisch sein zu dürfen.

»Schau mal, bei Ineke brennt Licht«, sagte Bea, als wir kurz darauf vor dem alten Häuschen standen. »Mal sehen, ob sie uns öffnet.«

Wir klingelten ein paarmal, doch die Künstlerin reagierte nicht.

»Dann lassen wir es besser sein, sie will heute Abend offensichtlich keinen Besuch mehr«, sagte ich, als Bea ihr Handy zückte, um die alte Dame anzurufen.

Doch Bea drückte bereits auf *Wählen*.

»Ich will zumindest sichergehen, dass es ihr gutgeht«, flüsterte sie. »In ihrem Alter weiß man ja nie.«

Dieser Satz ließ meinen Atem stocken.

Sprach Bea gerade wirklich von Ineke – oder von sich?

»Hm. Da läuft nur der Anrufbeantworter.« Bea hinterließ eine Nachricht, verbunden mit der Frage, ob alles in Ordnung sei und Ineke Lust habe, Freitagabend ins Büchernest zur Adventslesung zu kommen. Als sie aufgelegt hatte und wir im Begriff waren, den Rückweg anzutreten, erblickte ich einen Schatten am Atelierfenster. Ineke Alwarts war sehr wohl daheim und wollte offensichtlich einfach nur ihre Ruhe haben, so wie wir alle gelegentlich.

»Wie geht es denn jetzt eigentlich mit Adalbert und dir weiter? Wie lange willst du noch bei Olli wohnen?«, fragte ich auf dem Rückweg, kurz bevor wir den Parkplatz erreicht hatten.

»Es dauert, so lange es dauert.«

Mehr wollte Bea dazu nicht sagen.

Die Fahrt zurück nach Keitum verlief ebenfalls schweigend, ein absoluter Kontrast zu dem fröhlichen Nachmittag in der Friedrichstraße. Bea sagte lediglich »Bis morgen«, als ich sie vor Paulas Haus am Watt absetzte, und ging dann durch die Tür, ohne sich noch einmal zu mir umzudrehen und kurz zu winken, wie sie es sonst immer tat.

Als ich zu Hause ankam, empfing Leon mich mit einem Lächeln und einer liebevollen Umarmung. Adalbert war gar nicht gekommen, so dass Leon sich einen netten Nachmittag mit Liuna-Marie gemacht hatte, die im Wohnzimmer gerade mit ihren Stofftieren spielte und fröhlich vor sich hin gluckste.

»Und? Was hat Bea gesagt?«, fragte Leon und schaute mich erwartungsvoll an.

Ich antwortete ein wenig bedrückt: »Nichts. Ich habe es einfach nicht übers Herz gebracht, sie auf das Thema anzusprechen. Die Geschichte mit Adalbert hat sie übrigens total abgeblockt. Wenn Bea nicht will, dann will sie nicht.«

»Ärgere dich nicht, Schatz. Es kommt sicher bald eine andere Gelegenheit«, versuchte Leon, mich zu trösten. »Lass uns lieber für den Moment alles vergessen, den Kamin anmachen und später davor kuscheln, wenn die Kleine im Bett ist«, sagte er und nahm mich erneut in den Arm.

»Das ist eine wunderbare Idee«, murmelte ich, an seine Brust gelehnt. »Und ich weiß auch schon, was wir nachher noch tun könnten …«

6.

Zwei Tage waren seit meinem kleinen Ausflug mit Bea vergangen, und sie machte immer noch keine Anstalten, wieder zurück ins Kapitänshaus zu Adalbert zu ziehen.

Im Büchernest war sie stets pünktlich zur Stelle, sogar früher als sonst, was sehr hilfreich war, weil wir in diesen Tagen alle Hände voll zu tun hatten. Neben dem regulären Verkauf gingen jede Menge Online-Bestellungen ein. Außerdem mussten postalische Weihnachtsgrüße an Stammkunden in ganz Deutschland verschickt werden, eine Tradition, die wir auch in diesem Jahr aufrechterhalten wollten.

Auch Nele half im Laden mit, um sich für die Unterbringung in Beas Pavillon zu revanchieren.

Tinka lief zur Hochform auf. Sie hegte eine echte Leidenschaft fürs Lesen und kannte sich gerade im Bereich Jugendbuch besonders gut aus, so dass ich sie mittlerweile junge Kundinnen selbständig beraten ließ.

»Sag mal, hast du hier irgendwo Kopfschmerztabletten?«, fragte Nele, die gerade den Tisch am Eingang umsortierte. Mittlerweile hatten sich die Buchbestände im Büchernest deutlich dezimiert, so dass wir immer wieder neu dekorieren mussten. Eine wunderbare Gelegenheit, um auch mal Romane in den Mittelpunkt zu stellen, die sonst nicht so viel Beachtung fanden, aber großartig waren. Ich kramte in der Schublade an der Kasse, fand dort allerdings nur eine leere Packung Paracetamol.

»Leider nein«, antwortete ich. »Aber ich kann dir welche mitbringen, ich muss eh rüber in die Apotheke. Mir ist meine Nachtcreme ausgegangen.«

»Dann komme ich mit«, beschloss Nele, weil es gerade ziemlich ruhig im Büchernest war. »Ich wollte nämlich in der einen Boutique nach einer Winterjacke schauen, die hoffentlich reduziert ist. Und dann gehe ich einen Augenblick runter ans Watt, ein bisschen frische Luft schnappen, wenn das okay für dich ist.«

Als wir die Apotheke am Tipkenhoog betraten, stand ein großer, breitschultriger Mann in coolen Jeans und dunkelgrünem Parka mit dem Rücken zu uns am Verkaufstresen und nieste in einer Tour. »Haben Sie etwas gegen Pferdehaarallergie?«, fragte er und putzte sich anschließend die Nase.

Nele stellte sich neben ihn, tat so, als inspizierte sie die Bonbons und Duschgelproben an der Kasse, und betrachtete ihn ungeniert. Die Apothekerin mit den schlohweißen Haaren und hellblauen Augen strahlte.

Und ich schmunzelte in mich hinein.

Nele hatte also Witterung aufgenommen!

»Mensch, Sven, auch mal wieder auf der Insel?«, fragte die Apothekerin. »Warst ja seit Ewigkeiten nicht mehr hier. Geht's Arfst gut? Man hört und sieht ja kaum mehr was von dir und deinem Opa. Was macht der Reiterhof?«

»Bitte geben Sie dem armen Mann doch erst mal ein Antiallergikum, bevor er stirbt«, mischte sich Nele ungefragt in die Unterhaltung und stellte sich nun direkt neben den Herrn namens Sven. »Sehen Sie nicht, dass seine Augen schon ganz blutunterlaufen sind? Nicht dass er gleich einen anaphylaktischen Schock bekommt.«

»Bitte entschuldige, Sven. Ich schaue gleich mal nach, was wir haben. Sonst musst du zu Doktor Ingwersen gehen, wenn es dich wirklich so schlimm erwischt hat. Ist aber komisch, du warst doch früher nicht allergisch gegen die Gäule.«

Mit diesen Worten verschwand die Apothekerin im hinteren Teil des Ladens, und ich durchsuchte das Regal mit den Kosmetika nach meiner heiß geliebten Nachtcreme.

»Danke für den Rettungsversuch«, sagte Sven und schaute nun seinerseits Nele an. »Aber ich bin schon groß und komme ganz gut alleine klar.«

Ups, was war denn mit dem los? Normalerweise war kaum ein Mann gegen Neles Charme – und ihr Aussehen – immun.

Keine Minute später verließ der Kunde die Apotheke wieder, in der Tasche zwei Sorten Allergietabletten. Er verabschiedete sich mit einem knappen »Tschüss« und schenkte weder Nele noch mir einen Blick.

»Wer war das denn? Ist der immer so unfreundlich?«, fragte Nele sichtlich schockiert.

Die Apothekerin blickte nachdenklich drein und wiegte den Kopf hin und her. »Ich kenne Sven schon von Kindesbeinen an. Er ist der Enkel von Arfst Groot, der den Reiterhof hier in Keitum hat. Sven lebt seit Jahren in Hamburg und kümmert sich nicht wirklich um seinen Großvater. Keine Ahnung, wieso er gerade jetzt hier ist. Und warum er so miese Laune hat. Er war früher so ein entzückender kleiner Kerl mit seinen dunklen Locken und dem glockenhellen Stimmchen.«

Svens dunkle Locken waren nun mit einigen grauen Strähnen durchsetzt, und die glockenhelle Stimme war einem rauen, dunklen Timbre gewichen. Sehr männlich-markant, genau wie Svens Gesicht, auf das ich einen kurzen Blick hatte werfen können, bevor er gegangen war. Er entsprach eindeutig Neles Beuteschema. Und war äußerst attraktiv.

»Davon ist jetzt aber nichts mehr übrig«, erwiderte Nele schnippisch und zerrte mich aus der Apotheke, kaum dass ich gezahlt hatte. Erst als wir draußen in der Kälte standen, fiel ihr wieder ein, dass sie eigentlich Kopfschmerztabletten hatte besorgen wollen. »Geh ruhig schon wieder zurück ins Büchernest«, sagte sie. »Wir sehen uns später, sobald ich mich ausgelüftet und abreagiert habe. Was für ein arroganter Sack. Ich hab ihn doch nur vor dem Tod bewahren wollen.«

»Ja, ja, schon klar – völlig uneigennützig«, gab ich grinsend zur Antwort. Dann ging ich in Richtung Büchernest zurück, vorbei an den schönen reetgedeckten Friesenhäusern, die zum historischen Dorfkern Keitums gehörten. Allmählich dämmerte es, und ich erfreute mich an den unzähligen Lichtern, die die Hauseingänge und Buchsbäume schmückten, die in ganz Keitum als Dekoration in den Eingängen standen.

In diesem Jahr waren Herrnhuter Sterne besonders angesagt; sie hingen in den kahlen Ästen der Bäume, an Hauswänden sowie in Fenstern und verströmten stimmungsvolles Licht. Dieser Weihnachtsschmuck aus der Oberlausitz symbolisierte den Stern von Bethlehem und war mit seinen zahlreichen sternförmig aufgesetzten Pyramiden unglaublich schön anzusehen – aber auch sehr schwer zusammenzubauen. Leon hatte Ende November einen ganzen Sonntagnachmittag damit zugebracht, zwei dieser Sterne zusammenzubasteln, weil ich mir in den Kopf gesetzt hatte, sie links und rechts von unserer Eingangstür zu befestigen. »Das ist ja schlimmer als eine Einbauküche von Ikea«, hatte er geflucht, meinen Wunsch aber letzten Endes erfüllt.

Zurück im Laden, ging ich als Erstes zu Vero, um mir bei ihr einen Chai Latte zu holen und sie zu fragen, wie weit sie mit den Vorbereitungen für das Fingerfood war, das es heute Abend geben sollte.

»Alles im grünen Bereich«, antwortete sie strahlend. »Ich glaube nicht, dass einer unserer Gäste verhungert. Ach, ich freue mich schon so. Habe ich dir schon mal gesagt, wie sehr ich die Vorweihnachtszeit liebe?«

Ich schmunzelte. »Ich meine, mich dunkel an so etwas zu erinnern. Aber sag mal, weißt du, ob Adalbert und Bea schon die Trauung abgesagt haben? Die sollte ja immerhin heute in einer Woche stattfinden. Und Bea ist momentan ein bisschen arg zerstreut, wie ich finde. Nicht dass sie vergessen hat, sich darum zu kümmern«, bemerkte ich in ungezwungenem Plauderton und hoffte, mit dieser Bemerkung Vero dazu zu animieren, etwas zu diesem Thema zu sagen.

Vero nickte, ihre Mundwinkel zeigten nach unten. »Ja, das ist sie. Keine Ahnung, wieso. Leider kann ich rein gar nichts zu dem Thema Hochzeit sagen, weil Bea jedes Gespräch in dieser Richtung abblockt und sich ansonsten bei Olli verschanzt. Sie geht weder ans Telefon noch spricht sie im Büchernest mehr als das Nötigste mit mir und lässt sich auch nicht von mir zum Abendessen einladen. Nicht einmal zu meinem berühmten Tomaten-Kartoffel-Zucchini-Gratin.« Diesem Satz folgte ein tiefer Seufzer. »Und weißt du was? Also … ich wollte ja eigentlich nichts sagen, weil es so wirkt, als hätte ich ein Problem damit, dass Bea seit neuestem versucht zu backen, aber …«

»Los, raus mit der Sprache! Was ist los? Ich erzähl's auch nicht weiter«, versprach ich in der Hoffnung, einen Hinweis auf Beas Zustand zu erhalten.

»Na ja, neulich war ich bei Bäcker Paulsen … und da hab ich Bea gesehen …«, druckste Vero herum. Ich sah sie aufmunternd an. »Ums kurz zu machen: Ich stand in der Schlange hinter ihr, als sie die Plätzchen gekauft hat, die sie zu eurem Adventskaffee mitgebracht hat. Bea hat mich allerdings nicht gesehen.«

Also doch! Irgendwie hatte das Gebäck zu perfekt geschmeckt, um von einer Anfängerin gebacken worden zu sein. Ich erinnerte mich an meine ersten Versuche, als die Zimtsterne verbrannt und die Vanillekipferl auseinandergebröckelt waren. Mal ganz abgesehen davon, dass sie nach allem anderen ausgesehen hatten, nur nicht nach Sternen und Kipferln.

»Aber wieso hat sie sie dann als ihre eigenen ausgegeben?«, fragte ich mehr mich selbst als Vero. »Bea ist doch alles andere als unehrlich.«

Vero wiegte den Kopf hin und her. »Das stimmt. Deshalb ist die einzige Erklärung, die mir dafür einfällt, dass sie es zuerst versucht hat, dabei allerdings etwas schiefgegangen ist. Und weil sie sich so in den Gedanken verliebt hatte, ebenfalls etwas Gebackenes beizusteuern, hat sie die Plätzchen schließlich gekauft.«

»Diese Theorie würde allerdings voraussetzen, dass sie zuvor angekündigt hätte, Gebäck mitzubringen«, widersprach ich. »Aber Adalbert und sie waren für die Getränke zuständig.«

Aus gutem Grund. »Ist dir denn … ich meine, kommt dir Bea in letzter Zeit auch irgendwie ein bisschen … verändert vor?«

Als hätte man einen Schalter umgelegt, wurden Veros Augen auf einmal feucht. »Ja, sie ist komisch. Und ich mache mir ehrlich gesagt ein bisschen Sorgen um sie. Hinrich findet auch, dass sie unheimlich tüddelig geworden ist. Ich … ich wollte dich bis jetzt nicht darauf ansprechen, du hast schließlich schon genug um die Ohren. Und ich weiß, wie sehr du sie liebst.«

Nun bekam auch ich feuchte Augen, und das Schlucken fiel mir schwer. »Wir müssen versuchen, sie davon zu überzeugen, zum Arzt zu gehen«, sagte ich und kämpfte dagegen an, zu weinen. »Vielleicht gibt es ja für alles eine harmlose Erklärung. Bea ist doch insgesamt so robust und fit. Sie lebt gesund, ist viel an der frischen Luft, macht Yoga, meditiert, macht Gehirn-Jogging, liest viel und genießt ihr Leben mit Adalbert.« Während ich all dies sagte, flüsterte eine innere Stimme mir zu: *Aber gegen diese Krankheit ist kein Kraut gewachsen!*

»Du weißt, dass wir sie erst betäuben und dann gefesselt und geknebelt zum Arzt schleppen müssten, damit der mal einen Blick auf sie werfen kann«, wandte Vero ein. »Selbst Adalbert hätte momentan keine Chance, sie dazu zu bringen, weil er ja gerade bei ihr auf der Abschussliste steht. Wirklich schade, denn ich mag ihn sehr, und ich würde es schön finden, wenn die beiden nächste Woche heiraten, egal, wie knapp der Termin auch ist. Mit vereinten Kräften hätten wir schon eine tolle Hochzeitsfeier organisiert.«

»Okay, ich rede mit ihr!«, beschloss ich, befeuert durch die Einschätzung Veros und ihres Mannes. Ich würde es mir nie verzeihen, wenn ich – aus Scheu vor einer Auseinandersetzung – Bea nicht zumindest ehrlich gesagt hätte, was mir auf der Seele lag.

»Wir können das auch gern zusammen machen«, bot Vero an. »Ich kenne sie schließlich, seit ich denken kann. Wenn sie auf mich böse ist, ist das nicht so schlimm, denn das bin ich gewohnt und kann es ganz gut aushalten. Wenn *du* dich aber deshalb mit ihr verkrachen würdest, wäre das eine ganz andere Geschichte.« Veros Vorschlag tat gut und ergab Sinn. »Weißt du was? Ich lade sie einfach für Sonntagnachmittag ein. Hinrich ist bei seinen Freunden zum Kartenspielen, und ich hätte große Lust, den Feuerkorb auf der Terrasse anzumachen, vielleicht sogar zu grillen und draußen Punsch zu trinken. Ich weiß, dass das Bea auch gefallen würde.«

Das stimmte allerdings. Bea liebte offene Kamine, Lagerfeuer und natürlich das Biikebrennen zur Vertreibung der Wintergeister, das alljährlich am 21. Februar auf den Nordfriesischen Inseln stattfand.

»Gute Idee. Lass uns das so machen«, stimmte ich Vero zu. »Leon ist am Sonntag eh mit Liuna-Marie bei seinen Eltern zu Besuch. Ich wollte zwar eigentlich an diesem Nachmittag backen, Weihnachtskarten schreiben und die ersten Geschenke einpacken, ohne dass mich jemand dabei stört, aber das kann alles warten. Bea ist mir tausendmal wichtiger.«

Ein wenig ermutigt von der Aussicht, hoffentlich bald etwas bewegen zu können und nicht mehr ganz allein mit meinem Kummer zu sein, ging ich wieder zurück in den Laden. Nele war mittlerweile von ihrem Wattspaziergang zurückgekehrt und hatte etwas Farbe bekommen. Die frische Luft schien ihr gutgetan zu haben, denn sie fing sofort an, draufloszuquasseln, als sie mich sah.

»Also, ich hab den Typen mal gegoogelt, kein Wunder, dass er so überheblich ist. Der verdient seine Kohle als Unternehmensberater und wohnt in der HafenCity in Hamburg. Geht's denn noch bekloppter und klischeehafter?«

Im ersten Augenblick verstand ich kein Wort von dem, was Nele erzählte, doch plötzlich dämmerte es mir: Sie sprach von Sven Groot, dem Enkel des Reiterhofbesitzers Arfst, den wir vorhin in der Apotheke getroffen hatten.

»Dann verabrede dich doch mit ihm und sag ihm, wie dämlich du ihn findest«, schlug ich vor. »Wenn er wirklich so ist, wie du ihn gerade beschreibst, könnt ihr ja gemeinsam nach Kampen fahren, euch duellieren und später im Pony oder Gogärtchen ein Glas Friedens-Champagner trinken.« Eigentlich hatte ich das nur so vor mich hin gesagt, weil ich in Gedanken noch bei Bea war, aber in Neles Augen glomm Vorfreude auf.

»Gute Idee«, sagte sie grinsend und tippte auf ihrem Smartphone herum. »Mal sehen, ob er meine Freundschaftsanfrage auf Facebook annimmt. Auch wenn ich mit so einem Arsch natürlich gar nicht befreundet sein will. Aber anders kann ich ihn nicht erreichen, es sei denn, ich rufe auf seinem Firmenhandy an.«

Ich grinste, weil Nele so in Fahrt war, wie ich es früher schon häufig erlebt hatte, wenn sie sich einen bestimmten Mann angeln wollte. Je schwerer die Beute zu erlegen war, desto mehr lief sie als Jägerin zur Höchstform auf.

»Tja, dann bin ich ja mal gespannt, ob dein Plan klappt«, sagte ich und musste an meine Anfangszeit mit Leon denken. Unsere Liebe hatte mit einer Freundschaft begonnen und nicht mit einer stürmischen Kabbelei. Allerdings war ich auch nicht im Entferntesten so temperamentvoll und draufgängerisch wie Nele. Und Leon alles andere als arrogant.

Nachdem ich Buchbestellungen an Grossisten geschickt und mich davon überzeugt hatte, dass im Büchernest so weit alles lief, kam Bea zurück, die gerade einer Kundin, die sich auf eisglatter Straße das Bein gebrochen hatte, persönlich all die Bücher gebracht hatte, die diese zu Weihnachten verschenken wollte. Für mich wurde es Zeit, mich zu verabschieden, Liuna-Marie bei Anke abzuholen und nach Hause zu fahren. Ich freute mich darauf, ausgiebig mit ihr zu knuddeln und sie später zu baden, bevor es für mich zurück ins Büchernest zum Lebendigen Adventskalender ging.

Nachdem wir in unserem Häuschen eingetroffen waren, breitete ich die hellblaue Fleecedecke mit den weißen Sternen auf dem Teppich aus und legte drei Bilderbücher mit Weihnachtsmotiven darauf, die ich aus dem Büchernest mitgebracht hatte. Leider war Liuna-Marie noch viel zu klein, um ihr *Weihnachten in Bullerbü* oder *Tomte Tummetott* von Astrid Lindgren vorzulesen, was ich ebenso sehr liebte wie *Pettersson kriegt Weihnachtsbesuch* oder *Morgen, Findus, wird's was geben* von Sven Nordqvist. Für mich spiegelten die Kinderbücher dieser schwedischen Autoren alles wieder, was ich mir an heiler Welt und Kuscheligkeit für meine kleine Tochter wünschte. Liuna-Marie stürzte sich mit Begeisterung auf die zwei Bücher aus Pappe und das eine aus weichem Stoff, an dem ein kleiner Eisbär befestigt war.

Ich erklärte meiner Kleinen Begriffe wie *Schneemann* oder *Schlitten* und fragte mich, wann die eisige Kälte milderen Temperaturen weichen und damit die Chance auf Schneefall erhöhen würde. Liuna-Marie kaute auf der Ecke des Stoffbilderbuches herum und versuchte die Worte, die ich sagte, nachzuplappern, was ich so süß und zauberhaft fand, dass mein Herz vor Mutterliebe beinahe überquoll.

Dann wanderte mein Blick zu den Barbara-Zweigen, die in der Vase auf dem Fensterbrett standen.

Würden sie rechtzeitig zu Weihnachten erblühen?

7.

Sonntagmorgen erwachte ich, weil meine Nase kitzelte und ich niesen musste.

Durch den Spalt der hellblau-weiß gestreiften Vorhänge unseres Schlafzimmers fiel ein Sonnenstrahl herein, und es war für acht Uhr morgens erstaunlich hell. Beschwingt schlug ich die Bettdecke beiseite und schlich aus dem Zimmer, darauf bedacht, Leon nicht zu wecken, um nach nebenan zu Liuna-Marie zu gehen, die heute Nacht durchgeschlafen hatte. Zum Glück schlummerte sie immer noch friedlich. Also ließ ich sie weiterschlafen und ging nach unten. Im Wohnzimmer angekommen, öffnete ich die Vorhänge und stieß einen kleinen Juchzer aus, als ich sah, weshalb es so hell war: Es hatte über Nacht geschneit, obwohl die Wettervorhersage nichts dergleichen angekündigt hatte.

Verzückt von dieser Überraschung blieb ich eine ganze Weile am Terrasseneingang stehen und bestaunte den Garten. Der Schnee hatte sich wie eine weiße Kuscheldecke über die kahlen Äste der Bäume, das Vogelhäuschen, die wetterfesten Gartenmöbel, die Büsche und die Holzbank gelegt. Als hätte die Welt einen neuen, sauberen Anstrich erhalten. Und die Möbel neue, weiße Polster.

Ein traumschöner Anblick.

Und ein absolut perfektes Timing für unseren Plan, heute Nachmittag bei Vero den Feuerkorb anzumachen und im Schein der prasselnden Holzscheite Punsch zu trinken und Stockbrot zu essen. Der Schnee hatte mildere Temperaturen mit sich gebracht und glitzerte in der Wintersonne wie Millionen winzigster Spiegelscherben. Nachdem ich mir den Daunenmantel übergeworfen hatte und mit den Flauschsocken an den Füßen in die Gummistiefel geschlüpft war, öffnete ich die Tür und trat ins Freie. Dann schloss ich die Augen und atmete tief ein. Schneeluft … so klar und rein, als sei die Welt frisch gewaschen. Da unser Garten relativ windgeschützt lag, wärmte die Sonne mein Gesicht und meine Hände, eine echte Wohltat nach Tagen beißender Kälte.

Sobald wir gefrühstückt hatten, würde ich Liuna-Marie den Schneeanzug, Fäustlinge und die neue Mütze anziehen und sie mit hinaus in die weiße Pracht nehmen. Ich konnte es kaum erwarten zu sehen, wie meine Kleine darauf reagierte. Über meinem Kopf schwangen sich Möwen in die Lüfte und drehten dort beschwingt ihre Kreise. Auch sie genossen diesen Traumtag.

»Du bist ja früh wach«, rief Leon, der direkt über mir seinen Kopf aus dem Fenster streckte. »Warte, ich komme auch gleich und bringe Kaffee mit. Den müssen wir unbedingt draußen trinken.«

»Gute Idee, aber vergiss bitte das Babyphone nicht«, antwortete ich und blinzelte gegen die Sonne nach oben zu unserem Schlafzimmerfenster. Dann stapfte ich zum Schuppen, in dem wir neben Gartengeräten auch das Vogelfutter aufbewahrten. Ich war sehr stolz darauf, dass Amseln, Spatzen und andere Kleinvögel das blaue Holzhäuschen, das Paula uns zum

Einzug geschenkt hatte, als Futterstelle angenommen hatten. Liuna-Marie liebte es, den Vögeln zuzuschauen, und klatschte begeistert in die Hände, wenn diese Hirse, Sonnenblumen- und Hanfkörner aufpickten, was allerdings in der Regel die Vögel aufscheuchte und sie erschrocken davonflattern ließ.

Immer noch ein wenig verträumt füllte ich den Trinknapf mit Wasser auf und Körnerfutter nach. »Na, Vogelmama, hast du gut geschlafen?«, fragte Leon, gab mir einen Kuss und drückte mir einen Becher dampfend heißen Kaffee mit Milch in die Hand. Aus der Tasche seiner Daunenjacke ragte das Babyphone.

»Wie ein Stein«, antwortete ich. »Obwohl ich schon ein bisschen Muffensausen wegen heute habe. Ich würde es viel netter finden, zu Vero zu gehen, ohne das Thema mit Bea anschneiden zu müssen. Aber es geht nicht anders, wir müssen das endlich hinter uns bringen.«

Leon nahm mir den Becher aus der Hand und stellte ihn zusammen mit seinem auf den Holztisch. Dass die beiden halb im Schnee versanken und aus dem Kaffee gleich Eiskaffee werden würde, schien ihn nicht zu stören.

»Das schaffst du«, versuchte er, mir Mut zu machen, und umarmte mich so fest, dass ich für einen Moment glaubte, nichts und niemand auf dieser Welt könne mir etwas anhaben, wenn Leon mich nur in seinen Armen hielt. »Ich wünschte, ich könnte dabei sein, aber ich will den Termin bei meinen Eltern nicht absagen. Sie freuen sich schon so auf Liuna-Marie. Aber du kannst mich jederzeit erreichen, solltest du meine Unterstützung brauchen.«

»Das ist lieb, aber Vero und ich werden das schon schaffen«, murmelte ich, an seine Brust geschmiegt. »Macht euch mal lieber einen schönen Nachmittag. Liuna-Marie freut sich bestimmt auch, wenn sie mit Oma und Opa spielen kann.«

Kurz vor drei Uhr nachmittags verabschiedete ich mich von den beiden und ging in den Garten, um Ilex-Zweige vom Strauch zu schneiden, die ich zu einem Strauß für Vero binden wollte.

Die roten Beeren der Stechpalme waren zum Teil vom Schnee bedeckt, genau wie die immergrünen Blätter mit den gezackten Rändern. Das sah so hübsch aus, dass ich mir wünschte, ich könnte die puderzuckerartige Schneeschicht auf der Pflanze konservieren. Nachdem ich den Strauß mit Kiefernzweigen und Tannenzapfen veredelt hatte, machte ich mich auf den Weg nach Morsum.

Im Gegensatz zu Keitums puppenstubenartigem Charakter war das Nachbardorf nach wie vor eher von Landwirtschaft geprägt. Nicht selten lag der Geruch von Kuhdung in der Luft, was ich immer amüsant fand, weil es so gar nicht zum Klischee von Sylt als Party-Insel passte. Ich liebte diesen beschaulichen Ort mit seinen Rotklinker- und Fachwerkhäusern, der Seifenmanufaktur am Morsumer Bahnhof, den Reitställen und alten Bauerngehöften.

Vero und Hinrich wohnten in einem friesischen Längshaus, an das ein Stall und ein großer Nutzgarten grenzten, in dem Vero Gemüse und Obst anbaute. Die Terrasse thronte über dem abschüssigen Garten, weshalb man von dort einen tollen Ausblick hatte.

»Moin, Lissy«, begrüßte mich Hinrich, nachdem ich in der Auffahrt geparkt hatte. Er war gerade im Begriff, sich aufs Rad zu schwingen. »Alles gut bei euch da drüben?«

Ich wusste, mit *da drüben* meinte er Leon, Liuna-Marie und Bea.

»Moin, Hinrich, schön, dich zu sehen. Bei uns ist so weit alles okay«, antwortete ich. »Aber glaubst du, dass es eine gute Idee ist, bei diesem Wetter mit dem Rad zu fahren? Unter dem Schnee liegt an einigen Stellen noch Eis.«

»Du bist genauso eine Angsthäsin wie meine Frau«, entgegnete Hinrich mit einem Schulterzucken und befestigte Klemmen an den Beinen seiner dunkelblauen Hose, damit der Stoff sich nicht in den Speichen verfing. »Es sind doch nur ein paar Meter bis zu Eycke und Inken.«

Ich verkniff mir die Bemerkung *Dann kannst du die Strecke doch genauso gut zu Fuß gehen*, die mir auf der Zunge lag. In dieser Hinsicht ähnelten sich Hinrich und Bea ein bisschen: Beide ließen sich nur ungern etwas sagen. Bei Hinrich hatte sich dieser Widerstand verstärkt, seitdem Vero ihn nach seinem Herzinfarkt behandelte wie ein rohes Ei und hinter jedem Stück Sahnetorte, jeder Tasse Kaffee und jeglicher Form von körperlicher Anstrengung eine potenzielle Bedrohung für sein Leben witterte.

»Dann wünsche ich dir viel Spaß dort. Grüß mir die beiden und auch Tinka, wenn sie da ist. Sie macht sich wirklich gut als Praktikantin.«

Hinrich schwang sich aufs Rad, tippte einmal gegen seine blaue Wollmütze und verschwand alsbald hinter der nächsten Kurve. Währenddessen hatte Vero mich offensichtlich durchs Fenster erspäht, denn sie öffnete die Tür und strahlte mich an. »Moin, meine Süße, schön, dass du da bist. Bea müsste auch jeden Moment kommen.«

Ich betrat den Flur, folgte Vero in ihr gemütliches Heim und übergab ihr mein Mitbringsel. »Danke, Lissy. Der Strauß ist wunderschön. Wir haben ja leider keine Ilex-Sträucher im

Garten … Da fällt mir ein: Am Sechzehnten wollen wir traditionsgemäß Krähenbeeren in den Dünen sammeln, magst du mitkommen? Oder sollen Hinrich und ich dir welche mitbringen?«

Ich überlegte kurz. Der Sechzehnte war am kommenden Freitag, am Samstag fand im Büchernest das allseits beliebte Wichteln für Mitarbeiter, Aushilfen und Stammkunden statt.

»Sammelt bitte welche für mich mit. Ich habe zurzeit so irre viel zu tun, dass ich dankbar bin für alles, was nicht mehr auf meiner To-do-Liste steht«, antwortete ich. »Aber ich würde gern einen Kranz aus Krähenbeeren als Deko für den Laden binden und einen als Geschenk für Bea. Vielleicht hat ja auch Nele Freude daran.« Krähenbeeren wurden auch Glockenheide oder Krähenheide genannt und gehörten zu den Pflanzen, die auf Sylt als Bodendecker den sandigen Boden befestigten. Im Sommer blühte das Heidekraut sonnig gelb, im Herbst in Bronzetönen, im Winter dann in goldenem Bernstein. Zusammen mit Zwergkiefern und Gräsern war es auch in den Gärten ein echtes Schmuckstück.

»Was krieg ich als Geschenk?«, fragte Bea, die unbemerkt ins Haus gekommen war, und schaute uns neugierig an. »Ich sag euch doch immer, dass ich mir nichts zu Weihnachten wünsche. Dieser ganze Konsumwahnsinn muss ja nun wirklich nicht sein. Geschenke nur noch für die Kinder. Wir Alten haben doch schon alles, was wir brauchen.«

Schmunzelnd dachte ich an das schöne Kleid von Scandic, das Bea mir dieses Jahr unter den Tannenbaum legen würde. In den Augen meiner Großtante würde ich wohl immer die kleine Lissy bleiben, obwohl ich mittlerweile selbst Mutter war.

»Wollen wir erst in der Stuv Kaffee trinken, oder möchtet ihr jetzt schon das Feuer anmachen?«, fragte Vero. »Ich habe auf der Terrasse jede Menge Birkenholz aus dem Schuppen gebunkert. Wir können also bis tief in die Nacht draußen bleiben, wenn ihr mögt. Außerdem habe ich heute Vormittag Nordseewellen für uns gebacken. Und zum Grillen steht natürlich auch schon alles in der Küche bereit.«

Ich gab Vero spontan einen Kuss auf die Wange. »Vielen, vielen Dank, du Küchenfee. Was würden wir nur ohne dich machen?«

Bea knurrte etwas Undefinierbares, entschied sich dann aber dafür, unsere kleine Adventsfeier ins Freie zu verlegen.

Dank eines besonders guten Kaminholzanzünders loderte das Feuer innerhalb weniger Minuten und wärmte augenblicklich durch seine Glut. Vero schenkte uns allen Apfelpunsch mit Zimt ein und träufelte in Beas Becher einen kleinen Schuss Calvados. Nervös trat ich von einem Fuß auf den anderen, weil ich nicht wusste, wie wir die Kurve kriegen und Bea zu einem Gespräch über ihren Zustand bekommen konnten. Der Ausblick auf Veros verzauberte Gartenlandschaft, das heimelige Feuer und das wohlig wärmende Getränk verführten dazu, die Realität auch diesmal außen vor zu lassen und stattdessen diesen wundervollen Moment stressfrei zu genießen.

»Was macht Adalbert denn heute?«, fragte Vero, offensichtlich nicht gewillt, sich von der kuscheligen Stimmung einlullen zu lassen.

Bea zuckte mit den Schultern. »Keine Ahnung. Ist sicher bei einem Freund oder gibt irgendeinen Kurs. Wir haben nur das Nötigste gesprochen, seit ich ihn gebeten habe, den Termin in der Kirche und alles andere abzusagen.«

»Und wie lange willst du noch im Watthaus bleiben?«, fragte ich, bemüht, Vero zur Seite zu springen. »Ihr müsst euch doch irgendwann wieder vertragen. Bald ist Weihnachten … und …« Ich rang nach den richtigen Worten, doch Bea verzog keine Miene, sondern trank seelenruhig ihren Punsch. »… ihr wollt doch Heiligabend nicht etwa getrennt feiern?«

Seit ich denken konnte, hatten wir diesen Tag alle gemeinsam verbracht. Das Büchernest schloss um ein Uhr seine Türen, danach ging jeder zu sich nach Hause, um sich noch ein bisschen hinzulegen oder letzte Geschenke zu verpacken. Gegen achtzehn Uhr trafen wir uns dann bei Vero, die stets ein einfaches, aber köstliches Abendessen zubereitet hatte. Nachdem alle satt und zufrieden waren, gab es Bescherung, anschließend besuchten wir gemeinsam den späten Gottesdienst in der Keitumer St.-Severin-Kirche. Wenn wir danach noch in Form und munter genug waren, gingen wir häufig noch zu Bea ins Kapitänshaus, spielten Spiele und tranken zum Abschluss ein Glas Glühwein oder Tee.

»Kann sein, dass ich dieses Jahr wegfahre«, behauptete Bea, und ich verschluckte mich beinahe an meinem Apfelpunsch. »Ich meine, man muss doch nicht immer so in Routine erstarren, findet ihr nicht?«

»Und wo willst du hin?«, fragte Vero sichtlich irritiert.

»Ich dachte an Kopenhagen oder Hamburg. Oder Lübeck. Ganz genau weiß ich es noch nicht, aber bis dahin sind ja noch ein paar Tage Zeit, nicht wahr? Aber keine Sorge, ich fahre erst am vierundzwanzigsten, um euch noch im Büchernest zu helfen. Und Silvester bin ich wahrscheinlich auch schon wieder da. Allerdings möchte ich mich darauf noch nicht festlegen.«

Oje, Bea schien es wirklich ernst zu meinen.

Mein Herz verkrampfte sich, als ich an den armen Adalbert dachte. Das hatte er weiß Gott nicht verdient!

Er liebte Weihnachten und die Festtage, und es gab für ihn kaum etwas Schöneres, als mit uns allen gemeinsam zu feiern.

»Aber willst du denn gar nicht dabei sein, wenn Liuna-Marie ihren ersten Heiligabend als Kleinkind erlebt?«, fragte ich, in der Hoffnung, eine echte Trumpfkarte auszuspielen. »Letztes Jahr war sie noch ein Baby und hat kaum etwas mitbekommen.« Ich selbst freute mich schon seit Wochen wie verrückt auf die Augen meiner kleinen Tochter, wenn sie zum ersten Mal bewusst den geschmückten und von Lichterglanz erhellten Tannenbaum sah.

Bea blickte immer noch scheinbar ungerührt in die Runde. »Dann macht doch Fotos und schickt sie mir per WhatsApp«, antwortete sie in einem Ton, der mich frösteln ließ.

Was in drei Teufels Namen war in meine Großtante gefahren?

Als Liuna-Marie auf die Welt gekommen war, war Bea vor Freude außer sich gewesen und hätte am liebsten jede freie Minute mit ihr verbracht. Doch auch diese Momente konnte man in den letzten Wochen an einer Hand abzählen. Sie zog sich sukzessive von allen Menschen zurück, die ihr am Herzen lagen.

»So, jetzt reicht's aber, Bea!«, schrie Vero ohne Vorwarnung los. Ihre Wangen hatten die Farbe von Klatschmohn, was sicher nicht nur von der Glut des Feuers herrührte. »Was ist eigentlich los mit dir? Du benimmst dich in letzter Zeit wie eine Verrückte und verletzt alle, die dir nahestehen. Und damit meine ich nicht nur Adalbert. Außerdem hast du uns angeschwindelt. Die Plätzchen, die uns allen so gut geschmeckt haben, hast du bei Bäcker Paulsen gekauft. Und streit das jetzt ja nicht ab. Ich hab dich dort gesehen.«

Nun wurde Bea feuerrot, und ich machte mir sofort Sorgen wegen ihres Blutdrucks. Jede Art von Stress war Gift für sie.

»Schrei mich nicht an!«, brüllte sie zurück, und ich wich instinktiv einen Schritt zurück. »Ich finde es überhaupt nicht nett von dir, mich vor Lissy bloßzustellen. Und so was nennt sich Freundin. Außerdem kann es euch allen mit Verlaub schietegal sein, was ich mit Adalbert mache oder nicht mache und wo ich die Weihnachtsfeiertage verbringe. Ich brauche euch alle nicht. Keinen Einzigen von euch, ist das klar?«

Das Feuer im Korb sprühte Funken und spuckte kleine Flammen, genau wie Bea, der personifizierte Feuerdrache.

»Und was heißt hier überhaupt *Verrückte?!*«, fuhr sie mit ihrer Tirade fort. »Wenn hier einer total bekloppt ist, dann doch du! Ständig bist du hinter Hinrich her wie eine Mutter hinter einem Kleinkind. Lass den armen Mann doch mal atmen! Und dann dieses andauernde Gekoche und Gebacke. Hast du eigentlich gar nichts anderes im Kopf?«

Das Blut sauste in meinen Ohren, mir wurde schwindelig.

Ich hatte mit allem gerechnet, nur nicht damit, dass Bea ihre beste Freundin derart bösartig attackierte. Egal wie häufig die beiden sich schon gezofft hatten – die Streitereien waren immer respektvoll vonstattengegangen und niemals so verletzend. Vero war mittlerweile kreidebleich und nahm Bea den Becher aus der Hand, den sie noch kurz zuvor nachgefüllt hatte. Dann schüttete sie den Inhalt kurzerhand in den Schnee und fegte den Teig und die Holzstäbe, die für das Stockbrot gedacht gewesen waren, vom Terrassentisch. »Wenn du so erbärmlich findest, was ich tue und liebe, dann brauchst du weder etwas davon zu essen noch zu trinken. Im Übrigen möchte ich dich jetzt bitten zu gehen. Denn du benimmst dich mir gegenüber gerade wie eine Irre, und das lasse ich nicht zu. Und was Hinrich betrifft: Ich liebe ihn und achte darauf, dass es ihm gutgeht. So macht man das eben mit Menschen, die einem am Herzen liegen. Aber so was kennst du ja nur vom Hörensagen, also misch dich nicht in meine ehelichen Angelegenheiten ein.«

Unfähig, mich zu rühren oder einzugreifen, blieb ich zunächst stumme Beobachterin dieser heftigen Szene, die so surreal wirkte, als sei sie einem bösen Traum entsprungen.

Bea stürmte in Richtung Wohnzimmertür, und ich hechtete ihr hinterher, nachdem wieder Leben in mich gekommen war.

»Halt, stopp. Bleib stehen!«, rief ich, nun ebenso aufgebracht. »Du kommst sofort zurück und entschuldigst dich bei Vero. Das kann doch wohl alles nicht wahr sein! Weihnachten, das Fest der Liebe. Dass ich nicht lache. Du benimmst dich gerade wie ein bockiges Kleinkind, weißt du das?«

Doch Bea dachte gar nicht daran, zurückzukommen. Ich hörte die Haustür ins Schloss fallen und kurz darauf den Motor ihres Landrovers aufheulen. Als ich durchs Küchenfenster in das Dunkel des späten Winternachmittags schaute, war meine Großtante verschwunden.

»Tut mir leid, Bea ist auf und davon«, sagte ich zu Vero, die ich zitternd auf dem Sofa im Wohnzimmer vorfand. »Ist alles in Ordnung mit dir?«

Veros Unterlippe bebte, und ich sah Tränen in ihren Augen glitzern. »Wir müssen unbedingt etwas unternehmen, Lissy.

Bea ist nicht mehr sie selbst. Sie hätte sonst niemals derart scheußliche und schlimme Dinge zu mir gesagt.«

»Das stimmt allerdings«, murmelte ich betreten.

Was für ein grauenvoller dritter Advent!

»Wenn du mich fragst, sollten wir zusammen zu Adalbert fahren und mit ihm sprechen«, schlug Vero vor. »Wir müssen wissen, was er zu dieser ganzen Misere zu sagen hat.«

Eine gute Idee, der ich ohne zu zögern zustimmte.

8.

Nachdem wir uns telefonisch vergewissert hatten, dass Adalbert daheim war und Zeit für uns hatte, stiegen wir beide in mein Auto und fuhren von Morsum in Richtung Keitum.

Veros Wangen glühten immer noch vor Zorn, dennoch hatte sie die ganze Fahrt über geschwiegen.

»Wollen wir eine Runde unten am Watt drehen, bevor wir zu Adalbert gehen?«, fragte sie, als Beas Kapitänshaus in Sichtweite kam. »Ich möchte ihm nämlich erst unter die Augen treten, wenn ich mich ein bisschen abreagiert habe. Schließlich will ich nicht schlecht über Bea reden.«

Da ich Veros Vorschlag gut fand, parkten wir den Wagen in der Einfahrt und gingen dann über eine Treppe hinunter ans Watt, das gerade trockengefallen war. Ein bläulicher Schimmer lag über der Winterlandschaft. Im Schein einiger Laternen konnte ich Austernfischer, Lachmöwen und Seeschwalben erkennen, die sich mit aufgeplustertem Gefieder auf den Eisschollen tummelten. Der Wintermond hing als fahle Sichel über der Nordsee und tauchte den Nationalpark Wattenmeer in silbergraues Licht. Im Halbdunkel war es schwer zu unterscheiden, wo der Sandweg endete und der Wassersaum begann.

»Wir leben hier in einem Paradies und können uns glücklich schätzen, dass wir hier sein dürfen und es uns allen so gutgeht«, murmelte Vero, als wir Seite an Seite in den Himmel schauten. »Bea sollte das auch alles genießen können, solange es noch geht. Und darum werde ich es nicht zulassen, dass irgend so eine blöde Was-weiß-ich-Geschichte von ihrer Persönlichkeit Besitz ergreift und sie zerstört. Die Jahre, die uns noch bleiben, sollten wir gemeinsam in Frieden und Harmonie genießen, anstatt uns gegenseitig an die Gurgel zu gehen.«

In meinem Hals bildete sich ein dicker Kloß, denn ich konnte mir ein Leben ohne Bea oder Vero nicht vorstellen. »Sag nicht so was, Vero, ihr habt noch viele tolle Jahre vor euch«, widersprach ich. »Ihr seid zum Glück alle fit und gesund. Selbst Hinrich hat sich nach seinem Infarkt super erholt. Wir werden Bea helfen, alles, was bei ihr gerade schiefläuft, wieder ins Lot zu bringen, versprochen. Ich lass dich in dieser Sache nicht alleine.«

»Genau wie *ich* immer für *dich* da bin, egal was auch passiert«, flüsterte Vero und drückte meine Hand. »Auch wenn wir nicht miteinander verwandt sind, sind wir doch im Laufe der Jahre zu einer großen Familie zusammengewachsen, nicht wahr?« Ich nickte bestätigend. Die vielen kleinen und großen Krisen des Lebens hätten wir alle nicht halb so gut bewältigt, wenn wir auf uns allein gestellt gewesen wären. »Versprich mir bitte, dass wir uns nicht voneinander entfernen, egal was passiert. Machst du das?«

Berührt von ihren Worten murmelte ich: »Aber natürlich«, drückte ebenfalls ihre Hand und schaute dann auf die Uhr. »Ich denke, wir sollten wieder nach oben gehen, sonst wundert Adalbert sich, wo wir bleiben.«

Beas Lebensgefährte nahm uns herzlich in den Arm, nachdem er die Tür des altehrwürdigen Kapitänshauses geöffnet hatte. Doch sosehr er sich auch bemühte, gute Laune zu heucheln, misslang ihm der Versuch. Unter seinen Augen lagen tiefe Schatten. Überhaupt hatte ich diesen sympathischen, lebenslustigen Mann noch nie so eingefallen und grau im Gesicht gesehen. »Schön, dass ihr da seid«, sagte er. »Wollen wir es uns im Wohnzimmer gemütlich machen?«

Beklommen registrierte ich, dass im Flur weder eine von Beas Jacken hing noch ein paar Schuhe zu sehen war. Auch die gerahmte Fotografie ihres verstorbenen Berner Sennenhundes Timo war von der Kommode im Flur verschwunden. Vermutlich stand sie jetzt auf Beas Nachttisch in Paulas Haus.

»Nele ist übrigens auch da.«

»Hi, ihr Süßen«, tönte es auch schon fröhlich von der Couch, wo Nele sich in eine Mohairdecke eingemummelt hatte. Vor ihr stand ein Stövchen mit einer Kanne Tee darauf. »Fröhlichen dritten Advent euch beiden.«

»Von fröhlich kann leider keine Rede sein«, entgegnete Vero seufzend und setzte sich neben Nele aufs Sofa.

»Hab ich schon von Adalbert gehört«, murmelte Nele und spielte währenddessen an ihrem Smartphone herum. »Mögt ihr noch mal erzählen, was passiert ist?«

Vero gab die denkwürdige Begegnung mit Bea zum Besten, versuchte aber, sie so neutral wie möglich zu schildern, was ich ihr hoch anrechnete. Dennoch konnte sie nicht umhin, anzudeuten, dass Bea sie ziemlich angegangen hatte, was bei Adalbert ein peinlich berührtes Räuspern hervorrief.

»Und wo ist sie jetzt?«, fragte Nele sichtlich verstört und legte endlich das Handy beiseite.

»Im Watthaus wohl eher nicht, zumindest brannte dort kein Licht, als wir eben vorbeigegangen sind«, antwortete ich. »Olli scheint auch unterwegs zu sein, aber vielleicht weiß er ja irgendwas, das uns weiterhilft. Ich habe ihm jedenfalls auf die Mailbox gesprochen. Und ich versuche später auch noch mal, Bea irgendwie zu erreichen. So, wie ich sie kenne, muss sie sich erst mal abreagieren, bevor sie überhaupt ans Telefon geht.«

Im Geiste ging ich die Liste der Leute durch, bei denen meine Großtante Unterschlupf gesucht haben könnte, darunter Eycke und Inken. Im Grunde konnte sie allerdings überall sein, denn Bea war auf Sylt bekannt wie ein bunter Hund. Und zudem äußerst beliebt.

»Was ich jetzt gern von dir wissen möchte, Adalbert, ist, ob dir in letzter Zeit etwas an Bea aufgefallen ist, das irgendwie … nun ja …« Ich stockte zunächst und atmete dann tief durch. Jetzt war es an mir, endlich Klartext zu sprechen. »Ich denke, es hat keinen Sinn, länger um den heißen Brei herumzureden … das irgendwie auf eine Krankheit wie Demenz hindeuten könnte.«

Für einen Moment herrschte Totenstille.

Dann sagte Adalbert leise: »Bea ist in den letzten Wochen sehr in sich gekehrt. Sie wirkt traurig, um nicht zu sagen irgendwie verloren und depressiv.« Er warf Vero und mir einen unsicheren Blick zu. »Ein wenig launisch war sie ja immer schon, aber zurzeit weiß man einfach nicht, wann sie hochgeht wie eine Rakete und wann sie auf Dinge, die sie an sich nerven müssten, eher gelassen reagiert. Außerdem ist sie sehr schusselig geworden und vergisst recht viel, das muss ich leider sagen.« Adalbert räusperte sich. »Das ist übrigens auch der Grund dafür, weshalb ich ihr so spontan einen Heiratsantrag gemacht habe, obwohl ich weiß, dass sie es nicht mag, wenn man ihr die Dinge aus der Hand nimmt.«

Es dauerte eine Weile, bis Adalberts Worte in mein Bewusstsein sickerten. Er hatte also schon länger dieselbe Befürchtung gehabt wie wir und wollte meine Großtante als Reaktion darauf heiraten. Wie unfassbar liebevoll von ihm.

»Hast du sie denn schon mal offen auf deine Beobachtungen angesprochen?«, wollte nun Nele wissen. Auch Vero schaute Adalbert mit weit aufgerissenen Augen an.

»Natürlich habe ich das«, antwortete dieser. »Aber was glaubt ihr, was da los war? Sie hat mich beschimpft und tagelang in ihrem Zimmer geschmollt, ohne mit mir zu reden. Das Zusammenleben mit ihr war in den vergangenen Wochen wahrlich kein Kinderspiel. Wenn Bea will, kann sie einem das Leben echt schwer machen.«

»Und trotzdem möchtest du, dass sie deine Frau wird«, murmelte Nele, offensichtlich tief beeindruckt. »Das ist wahre Liebe. Sag, Adalbert, ich bin nicht rein zufällig auch dein Typ?«

Ihr flapsiger Witz lockerte die Stimmung auf, und wir mussten lachen, obwohl die Situation gerade alles andere als komisch war.

»Wenn du nächsten Freitag Zeit hast, können wir gern heiraten«, parierte Adalbert charmant und zwinkerte Nele zu.

Mir lag indessen die Frage auf der Zunge, ob Sven Groot mittlerweile Neles Freundschaftsanfrage auf Facebook angenommen hatte, auch wenn es momentan wichtigere Dinge gab, über die ich mir Gedanken machen sollte.

»Ach, Adalbert, so einen tollen Mann wie dich findet man nicht alle Tage«, entgegnete Nele seufzend. »Schade, dass du keinen Sohn hast. Aber jetzt wieder zurück zum eigentlichen Thema: Fällt uns denn nicht irgendeine List oder ein Vorwand ein, unter dem wir Bea zumindest mal zu Doktor Ingwersen locken können? Dem vertraut sie doch.«

Ich dachte nach, Neles Idee war nämlich gut. »Ich könnte sie bitten, mit mir in die Praxis zu kommen, um auf Liuna-Marie aufzupassen, während ich angeblich einen Arzttermin habe …«, hob ich an und überlegte, ob dieser Trick funktionieren könnte.

»Und dann bittet Doktor Ingwersen Bea in den Behandlungsraum, und sie folgt ihm brav?« Adalbert schüttelte den Kopf. »Ganz ehrlich, ich glaube nicht, dass das klappt. Wir müssen im Grunde abwarten, bis Bea sich selbst zu diesem Schritt entschließt, nur dann hat das Ganze überhaupt eine Chance.«

Betreten murmelte ich: »Ich fürchte, du hast recht«, und nippte am Tee, den Nele mir eingeschenkt hatte. Dann knurrte mein Magen. Wegen Beas dramatischem Abgang hatten wir natürlich nichts von dem gegessen, was Vero vorbereitet hatte, und nun fiel ich vor Hunger beinahe um.

»Soll ich noch mal nach Morsum fahren und das Essen holen, das ich vorbereitet habe?«, fragte Vero schmunzelnd. »Ich glaube, Lissy braucht dringend was zwischen die Zähne.«

»Das können Lissy und ich doch machen«, bot Nele an, womit sonnenklar war: Sie wollte allein mit mir reden. »Aber wäre dir das denn überhaupt recht, Adalbert, oder sollen wir lieber alle zu Vero umziehen?«

Mein Gott, was für ein Hin und Her!

Gut, dass beide Dörfer so nahe beieinanderlagen.

Nachdem Vero und Adalbert Neles Idee zugestimmt hatten, rief ich Olli an, um zu hören, was er für Pläne hatte und ob er Lust hatte, sich uns spontan anzuschließen. Da er gerade auf dem Heimweg von einer Verabredung mit einem Freund in Hörnum war, freute auch Olli sich über die Aussicht auf ein gutes Essen und ein nettes Beisammensein.

Schließlich war heute der dritte Advent – Familienzeit.

»Und? Hast du jetzt schon eine Verabredung mit Sven?«, fragte ich Nele, kaum dass ich im Auto hinter dem Lenkrad Platz genommen hatte.

Nun war ich doch neugierig.

»Nein«, antwortete Nele grummelig und schnallte sich an. »Der Typ hat meine Anfrage nicht angenommen und mir stattdessen geschrieben, dass er auf Facebook nur mit Leuten befreundet sein will, mit denen er es auch im echten Leben ist.«

»Und wie geht's jetzt weiter?«, wollte ich wissen, insgeheim ein Lächeln unterdrückend. Diese Art von Ansage war der perfekte Weg, um Nele heiß zu machen. Falls Sven sie so weit durchschaut hatte und das Ganze Absicht war, verhielt er sich goldrichtig.

»Ich habe heute in der Zeitung eine kleine Notiz gelesen, dass Sven auf der Insel ist, um gemeinsam mit seinem Großvater zu überlegen, was aus dem Reiterhof werden soll. Die beiden denken daran, zu verkaufen oder das Anwesen in etwas anderes umzufunktionieren, da Sven den Hof nicht übernehmen will.«

Ich dachte an Svens Niesattacke in der Apotheke. »Kein Wunder, wenn er allergisch gegen Pferde ist«, antwortete ich, und meine Phantasie schlug Purzelbäume. Der Hof, die angrenzenden Koppeln und das Weideland lagen am Rand von

Keitum in Richtung Bahndamm. Es war ein wunderschönes Stück Land, das man für alles Mögliche nutzen konnte.

Aber garantiert unbezahlbar.

»Dann biete ihm doch einfach an, dass du ihn als kreative, künstlerische Beraterin bei seinen Überlegungen unterstützen willst«, schlug ich vor, und Nele stieß einen spitzen Schrei aus. »Superidee, Lissy. Genau das mache ich! Und dann wollen wir doch mal sehen, ob Mister Arrogant sich immer noch zu fein dafür ist, meine Freundschaftsanfrage anzunehmen.«

Ich schmunzelte in mich hinein und ertappte mich bei dem Gedanken daran, wie es wohl wäre, wenn Sven Groot und Nele ein Paar werden würden. Mein Instinkt sagte mir, dass die beiden zusammenpassten, auch wenn Sven sich noch zierte.

Doch wenn es jemandem gelingen konnte, eine harte Nuss zu knacken, dann Nele.

Schließlich hatte sie absolut Übung in diesen Dingen.

9.

Montagvormittag fehlte noch immer jede Spur von Bea. Laut Olli war sie nicht in Paulas Haus am Watt aufgetaucht, um dort wie gewohnt zu übernachten, und auch Adalbert wusste nichts über ihren Verbleib. Allmählich begann ich, mir ernsthaft Sorgen zu machen.

Als sie gegen Mittag immer noch nicht im Büchernest war und ich zum wiederholten Male nur ihre Mailbox zu fassen bekam, ging ich zu Vero in die Küche, um sie zu fragen, was wir jetzt tun sollten.

»Oh du meine Güte, das ist alles meine Schuld«, sagte Vero sofort und schlug die Hände über dem Kopf zusammen. »Ich hätte sie nicht so provozieren und anbrüllen dürfen. Meinst du, wir sollten die Polizei verständigen?«

»Ich fürchte, dafür ist es noch zu früh«, antwortete ich. »Wenn sie ein Kind wäre, würde man uns ernst nehmen, aber in diesem Fall … Lass uns mal lieber überlegen, wo sie sein könnte. In Morsum sicher nicht, denn das hätte Tinka uns bestimmt erzählt. Vielleicht bei Ineke in Westerland?«

Vero nickte. »Wäre möglich, schließlich hat sie sich seit der Ausstellung in unserer Scheune sehr mit ihr angefreundet. Andererseits – sie könnte auch auf dem Festland sein.«

Ich ging erneut im Geiste die Liste der Freunde und Bekannten durch, die Bea außerhalb Sylts hatte. Da kamen zwar einige in Frage, aber ich wusste von den meisten nicht mehr als den jeweiligen Vornamen. »Soll ich Adalbert bitten, nachzusehen, ob Beas kleines rotes Telefonbüchlein noch in ihrem Schreibtisch liegt? Dann könnten wir gemeinsam die Adressen durchgehen und uns nach und nach durchtelefonieren«, schlug ich vor, weil mir gerade nichts Besseres einfiel.

Vero wiegte den Kopf hin und her, schien aber nicht recht überzeugt. »Ja, das wäre eine Idee. Allerdings fürchte ich, dass wir noch ein bisschen abwarten müssen, bevor wir die Pferde scheu machen. Schließlich wirft es kein besonders gutes Licht auf Bea, dass sie einfach abgehauen ist, ohne uns Bescheid zu geben, wo sie ist und wie lange sie wegbleibt.« Vero warf einen Blick in Richtung Laden, und ihr Gesicht verdüsterte sich. »Mal abgesehen davon, dass ich mir Sorgen mache, finde ich es übrigens unverantwortlich, dich mitten im Weihnachtsgeschäft mit allem alleinzulassen.«

Das stimmte allerdings!

Rieke hatte ihren freien Tag, mir standen also lediglich Tinka und Olli zur Seite sowie Nele, die ich gerade angerufen und gebeten hatte, zu kommen. Ich würde mich also spätestens morgen um eine Aushilfe kümmern müssen, sollte Bea bis dahin verschwunden bleiben.

»Okay, dann warten wir noch einen Tag ab«, stimmte ich Veros Vorschlag zu. »Auch wenn mir das echt nicht leichtfällt, wenn ich ehrlich bin. Ich hoffe ja immer noch, dass Bea irgendwann zur Vernunft kommt und einsieht, was sie durch ihr kindisches Verhalten angerichtet hat.«

Als ich zurück in den Laden kam, erblickte ich zu meinem großen Erstaunen Sven Groot vor dem Regal mit der Abteilung *Reisen & Regionalia*.

»Kann ich Ihnen behilflich sein, oder wollen Sie sich erst einmal in Ruhe umschauen?«, fragte ich und freute mich diebisch auf Neles Gesicht, wenn sie sah, dass Sven bei uns im Büchernest war. Dies setzte allerdings voraus, dass er noch mindestens eine halbe Stunde blieb.

Und Nele ausnahmsweise pünktlich war.

»Moin«, antwortete Sven, lächelte erfreut und runzelte dann die Stirn. »Sie sind … Sie kommen mir irgendwie bekannt vor.« Sein prüfender Blick wanderte an mir rauf und runter und blieb schließlich an meinen Lippen hängen. Mir wurde ein wenig warm, und ich nestelte verlegen an meinen Haaren herum. Es war länger her, seit ein Mann mich so bewusst von oben bis unten angeschaut hatte. Und Sven Groot war verdammt attraktiv!

»Wir haben uns neulich in der Apotheke getroffen, als Sie ein Antiallergikum gekauft haben«, versuchte ich, seinem Gedächtnis auf die Sprünge zu helfen. »Haben die Tabletten denn gewirkt?« Genervt bemerkte ich, dass meine Stimme beim letzten Teil des Satzes unnatürlich hoch geworden war.

»Ah, stimmt, jetzt erinnere ich mich wieder. Sie sind die Freundin dieser Nele Sievers, die mich gerade angeschrieben und ihre Hilfe bei der Umgestaltung des Reiterhofs angeboten hat.« Sein Gesichtsausdruck ließ nicht erkennen, ob er Neles Frage dreist oder gut fand. Ich nickte zustimmend. »Was hat sie denn für eine Qualifikation, wenn ich fragen darf?«

»Oh, sie kennt die Insel wie ihre Westentasche, ist ungeheuer kreativ und hat mal das Café geführt, das jetzt zur

Buchhandlung gehört. Sie hat ein unglaubliches Händchen für Inneneinrichtung und …«

»Halt! Stopp! Ich hab's kapiert. Nele Sievers ist so etwas wie ein Wunderkind«, wandte Sven lachend ein. In diesem Moment bekam sein sonst eher strenges, markantes Gesicht einen viel weicheren Ausdruck, was ihn sofort jünger erscheinen ließ.

Ich konnte mir gut vorstellen, dass ihn sein Job als Unternehmensberater über kurz oder lang hatte hart werden lassen. Andererseits: Wer so einen Beruf wählte, musste schon von Haus aus tough sein und durfte nicht allzu viel Skrupel haben. Schließlich musste er Leute entlassen, Sparmaßnahmen durchsetzen und auch sonst jede Menge Dinge entscheiden, die unangenehm waren.

»Was ich momentan suche«, riss Svens Stimme mich aus meinen Gedanken, »ist eine Übersicht über die gastronomischen Angebote auf der Insel und alle Hotels beziehungsweise Pensionen.«

Kurzerhand reichte ich Sven den Titel *Sylt à la carte* und einige Magazine, die er interessiert überflog.

»Ich habe im Tagesspiegel gelesen, dass Arfst und Sie überlegen, den Reiterhof aufzugeben und in etwas anderes umzuwandeln«, sagte ich, während Sven aufmerksam in dem kulinarischen Inselführer blätterte. »Wollen Sie aus dem Hof ein Hotel machen oder reine Gastronomie? Ich würde es schön finden, wenn es trotzdem etwas für Familien mit Kindern wäre. Die Kids, die auf dem Hof ihre Ferien verbringen, haben sich immer sehr wohl gefühlt.«

Und jede Menge Pferdebücher bei uns gekauft.

»Leider habe ich momentan noch keinen Plan, wie es

weitergehen soll«, antwortete Sven und fuhr sich mit der Hand über den dunklen Bartschatten. Als wir ihn in der Apotheke getroffen hatten, war er glatt rasiert gewesen. »Arfsts Frage, ob ich mir vorstellen könnte, den Hof zu übernehmen beziehungsweise zu sanieren, hat mich unerwartet getroffen, wenn ich ehrlich bin. Bislang war ich zum einen davon ausgegangen, dass seine Mitarbeiter den Hof noch länger weiterführen. Oder dass er einfach verkauft und auf dem Grundstück neuer Wohnraum entsteht. Nun hat mein Großvater sich aber in den Kopf gesetzt, dass er einen großen Teil der Substanz dieses alten Familienbesitzes erhalten und unsere Tradition weiterführen will, was ich im Prinzip auch gut finde. Da ich aber allergisch gegen Pferde bin und zudem auch noch einen Job in Hamburg habe, gestaltet sich das alles ein bisschen schwierig für mich.«

»Verstehe«, murmelte ich in Gedanken. »Wenn Sie möchten, kann ich Sie mal mit meiner Großtante Bea bekannt machen, die hier schon Zeit ihres Lebens wohnt und arbeitet. Und mit ihrer Freundin Vero, die das Café führt und phantastisch kocht. Die beiden kennen alle wichtigen Leute auf der Insel und haben immer gute Ideen.«

Sven lächelte. »Ich kenne Ihre Großtante, weil ich schon als kleiner Junge meine Bücher hier ausgesucht habe, wenn ich Geburtstag hatte oder Weihnachten anstand. Bea Hansen ist wirklich eine äußerst bemerkenswerte, temperamentvolle Dame. Arfst kennt sie natürlich auch und schwärmt in den höchsten Tönen von ihr. Ich glaube sogar, dass er eine Weile in sie verliebt war«, setzte er augenzwinkernd hinzu. »Aber er hat sich die Zähne an ihr ausgebissen, wenn ich mich richtig erinnere.«

»So wie ich mir an Ihnen?«, hörte ich Nele sagen, die auf einmal neben mir stand und Sven den arrogantesten Blick zuwarf, zu dem sie fähig war. Die Raumtemperatur sank deutlich unter null, und ich verabschiedete mich unter dem Vorwand, dringend telefonieren zu müssen.

Dann ging ich nach oben, um mir im Badezimmer einen Zopf zu binden. Natürlich war ich bislang nicht dazu gekommen, zum Friseur zu gehen, obwohl Nele mich mehrfach daran erinnert hatte.

Als ich im Schränkchen des Badezimmers nach einem Haargummi suchte, fiel mein Blick auf den Rand der Badewanne. Da in diesen Räumen früher eine Wohnung gewesen war, hatten wir die Wanne übernommen und gelassen, auch wenn sie praktisch nie benutzt wurde.

Aber wieso stand dort plötzlich ein Shampoo?

Verwundert nahm ich die Flasche in die Hand und las auf dem Etikett, dass sie als Anti-Aging-Produkt zur Stärkung altersschwacher Haare gedacht war. Da wohl kaum eine der jüngeren Mitarbeiterinnen des Büchernests so ein Haarwaschmittel benutzte, kamen nur zwei Personen in Betracht: Vero – und Bea! Nachdem ich mich bei Vero vergewissert hatte, dass das Shampoo nicht ihr gehörte, überkam mich der Verdacht, dass Bea die Nacht hier im Laden verbracht hatte. Also öffnete ich die Tür zu unserem gemeinsamen Büro, das ich heute noch gar nicht betreten hatte, und unterzog das Sofa, das dort stand, einer genaueren Betrachtung. Und siehe da, die Kissen waren eingedellt, in der Mitte hatte sich eine Kuhle gebildet.

In gewisser Weise war ich erleichtert, weil nun ziemlich klar war, dass Bea Sylt nicht verlassen hatte. Andererseits fand ich es ziemlich albern von ihr, auf einer unbequemen Couch, die maximal für ein kleines Mittagsschläfchen taugte, zu übernachten anstatt in Paulas breitem, komfortablem Ehebett im Haus am Watt.

Aber so war Bea nun mal …

Ein wenig beruhigt von der Aussicht, ihr auf die Spur gekommen zu sein, erzählte ich erst Vero und dann auch telefonisch Adalbert von meiner Vermutung, und wir beschlossen, nun erst recht ein, zwei Tage abzuwarten, bevor wir wegen Beas Verschwindens die Polizei verständigten. Nachdem ich all dies geklärt hatte, ging ich wieder in den Laden, neugierig darauf zu erfahren, ob Nele immer noch mit Sven dortstand oder ob beide sich bereits gegenseitig die Augen ausgekratzt hatten.

»Na? Hast du ihn in die Flucht geschlagen?«, fragte ich Nele, da weit und breit nichts mehr von Sven Groot zu sehen war. »Oder habt ihr jetzt ein Date? Ich habe ihm in höchsten Tönen von dir vorgeschwärmt und deine vielfältigen Talente gelobt.«

Nele lächelte schief. »Danke, aber das hat wohl nichts genützt. Der Typ ist echt ein harter Hund. Der hat bei Tinka gezahlt und ist dann einfach gegangen, ohne noch irgendwas zu mir zu sagen. Ist das zu fassen? Aber na ja, was soll's! Wer nicht will, der hat schon. Außerdem: Was soll ich überhaupt mit einem Typen, der die Ausstrahlung einer Tiefkühltruhe hat und sich vermutlich selbst obertoll findet?«

Ich wollte gerade protestieren und sagen, wie nett wir uns unterhalten hatten, bevor Nele aufgekreuzt war, und dass ich gar nicht den Eindruck hatte, Sven sei arrogant oder ein *harter Hund.* Auf mich hatte er eher gewirkt, als würde er die

Aufgabe, die vor ihm lag, sehr ernst nehmen und alles dafür tun, um die richtige Entscheidung zu treffen.

Aber das musste ich Nele ja nicht auf die Nase binden. Schließlich hatte Svens Abfuhr sie ohnehin mehr verletzt, als sie zugeben wollte. Dafür kannte ich meine beste Freundin inzwischen lange genug.

10.

Von irgendwoher aus der Ferne hörte ich ein Klingeln … Das Klingeln glich einer Alarmsirene, doch ich brachte es nicht fertig, die Augen zu öffnen.

Wie durch eine Nebelwand hörte ich Leon »Wer in aller Welt ruft denn so früh hier an? Es ist doch erst sechs Uhr« sagen und wurde schlagartig wach.

Leon stand auf und ging in den Flur, wo das Festnetztelefon stand. Er sagte: »Oh nein, wie schrecklich!«

Und als Nächstes: »Larissa und ich kommen sofort.«

»Was ist passiert?«, rief ich, schlagartig hellwach, und sprintete in den Flur.

Leon hielt mit der rechten Hand das Telefon in der Hand und murmelte: »Danke für den Anruf, bis gleich«, während er mich mit der linken zurück ins Schlafzimmer dirigierte. »Setz dich erst mal hin.«

Panik ergriff mich, und Schauer von Gänsehaut überzogen meinen Körper in Wellen.

Oh mein Gott, war Bea etwas zugestoßen?

Oder irgendjemand anderem, den ich liebte?

»Bitte reg dich jetzt nicht auf, Schatz, es ist nicht so schlimm, wie du denkst. Keiner ist ernsthaft zu Schaden gekommen … nur das … Büchernest«, stammelte Leon, der nun neben mir saß und zärtlich meine Wange streichelte.

Das Büchernest?!

»Das am Telefon war Vero. Als sie ins Café gehen wollte, hat sie gesehen, dass dort alles unter Wasser steht – genau wie im Laden. Der Boden … es … es scheint übel auszusehen …«

Leons Worte drangen nur nach und nach zu mir durch.

Doch ich war unfähig zu realisieren, was er sagte.

Was war passiert?

Ein Wasserschaden?!

Aber wie konnte das sein?

»Am besten ziehen wir uns schnell an und bitten Nele, auf Liuna-Marie aufzupassen und sie zu füttern. Die Feuerwehr ist auch schon auf dem Weg ins Büchernest, genau wie Hinrich, der sich um Vero kümmert, die total unter Schock steht.«

Ich war dankbar und froh, dass Leon die Nerven behielt, die Dinge in die Hand nahm und sich mit Hinrich in Verbindung setzte, um von ihm zu erfahren, ob die Feuerwehr schon eingetroffen war. Mir selbst brummte der Schädel, und ich fühlte mich, als würde ich gleich den Boden unter den Füßen verlieren.

Ein Wasserschaden im Büchernest, noch dazu so kurz vor Weihnachten, war eine absolute Katastrophe.

Nachdem ich mich wie in Trance angezogen und nach Liuna-Marie geschaut hatte, tauchte Nele auf, die sich einfach den Wintermantel über den Schlafanzug geworfen hatte und zu uns gejoggt war. Ich gab meinem Töchterchen ein Abschiedsküsschen, erklärte Nele, was sie Liuna-Marie zu essen geben sollte, und setzte mich dann zu Leon auf den Beifahrersitz unseres Autos. Normalerweise wären wir die kurze Strecke zu Fuß gegangen, aber ich war mir nicht sicher, ob meine Beine mich tragen würden. Kurz darauf parkten wir neben einem Feuerwehrwagen.

»Da seid ihr ja endlich!«, rief Vero aus und eilte mir entgegen, als ich ausstieg. Ihre Augen waren vom Weinen verquollen, die Haare standen kreuz und quer ab. »Es ist alles aus, Lissy. Wir sind ruiniert!«

»Nein, das seid ihr nicht, min Deern. Nu mach mal nicht so ein Drama aus der Sache«, versuchte Hinrich, sie zu trösten, und legte den Arm um sie. »Wozu gibt es schließlich Versicherungen? Lass erst mal die Experten ihre Arbeit tun, dann sehen wir weiter. Die Hauptsache ist doch, dass keinem was passiert ist.«

Hinrichs Worte klangen tröstlich, und so schöpfte ich ein kleines bisschen Hoffnung.

»Gut, dass die schon den Laden auspumpen«, sagte Leon, und ich beobachtete, immer noch starr vor Schreck, drei Feuerwehrleute bei der Arbeit.

»Klempnermeister Wohlerts ist auch auf dem Weg, genau wie Lars Lührs von der Versicherung«, erklärte Hinrich, die Gelassenheit in Person. »Je ruhiger wir jetzt alle bleiben, desto schneller bekommen wir einen Überblick über die Lage.«

»Hast du versucht, Bea zu erreichen?«, fragte ich Vero, die am ganzen Leib zitterte.

Vero nickte. »Ja, habe ich. Aber da läuft mal wieder nur die Mailbox. Einer der Feuerwehrleute sagt, dass die Badewanne übergelaufen ist, weil jemand vergessen hat, den Hahn zuzudrehen. Aus irgendeinem Grund war wohl das Überlaufventil verstopft, so dass zahllose Hektoliter heißes Wasser in den Laden gelaufen sind.«

Die Badewanne?!

Ich hatte natürlich als Erstes an den klassischen Wasserrohrbruch gedacht, schließlich war es ein ziemlich kalter Winter, da konnte so etwas schon mal passieren.

Dann fiel mir die Shampoo-Flasche ein, die ich gestern im Bad gefunden hatte. Ich wagte es kaum, Vero anzusehen, die vermutlich denselben Gedanken hatte wie ich.

Bevor wir uns jedoch darüber austauschen konnten, traf der freundliche Klempner ein, der damals beim Umbau der Küche des Büchernests geholfen hatte, und keine Minute später Herr Lührs von der Versicherung.

Verfroren trat ich von einem Bein aufs andere – über Nacht hatte es erneut geschneit, und der Schnee glitzerte silbrig in der Dezembersonne. Doch in diesem Moment hatte ich kein Auge für diese winterliche Pracht, sondern nur das Bedürfnis, mir die Decke über den Kopf zu ziehen und erst dann wieder darunter hervorzukriechen, wenn dieser Alptraum vorbei war.

Nun versammelten sich auch Nachbarn vor dem Büchernest, die wissen wollten, wie es zu dem Unglück gekommen war, und ihre Hilfe anboten.

Liuna-Maries Tagesmutter Anke eilte ebenfalls herbei und brachte zwei Thermoskannen mit Tee und Kaffee sowie selbst gebackene Kekse mit. »Damit ihr was Warmes in den Bauch bekommt«, sagte sie. »Nele hat mich angerufen und gesagt, was passiert ist und dass Liuna-Marie erst mal bei ihr bleibt. Sagt, kann ich irgendetwas tun?«

Lieb gemeinte Fragen und mitfühlende Worte wie diese schwirrten durch die kalte Winterluft und wärmten ein wenig mein Herz. In diesem Moment fühlte ich mich den Dingen nicht mehr ganz so ohnmächtig ausgeliefert, denn ich spürte deutlich: Was auch geschah, ich war nicht allein.

»Habt ihr irgendeine Vorstellung davon, wie lange es dauern wird, bis wir den Laden wieder öffnen können?«, fragte ich Leon und Hinrich, aber beide zuckten nur mit den Schultern.

»Dieses Jahr ganz bestimmt nicht mehr«, antwortete Hinrich schließlich, woraufhin sich mein Magen augenblicklich verkrampfte. »Der Holzfußboden hat jede Menge Wasser gezogen, muss also herausgerissen und später neu verlegt werden. Zudem müssen die Räume komplett austrocknen, was in der Regel auch eine ganze Weile dauert. Außerdem ist die Decke des ersten Stocks durchgeweicht, da sie ebenfalls aus Holz ist. Die Feuerwehr stützt sie gerade mit Balken ab.«

»Aber wie soll ich denn dann unsere Gäste bewirten, und wie soll der Buchverkauf laufen? Wir machen doch gerade vor Weihnachten den meisten Umsatz und sind darauf auch angewiesen, weil der Laden in diesem Jahr nicht so gut lief wie sonst. Das ist eine Katastrophe!«, schluchzte Vero vollkommen aufgelöst.

»Uns fällt schon etwas ein, wir finden eine Lösung«, sagte Leon und legte Vero beschwichtigend die Hand auf die Schulter. Währenddessen schaute ich durch das Schaufenster des Büchernests, um ein Gefühl dafür zu bekommen, ob auch die Bücher in Mitleidenschaft gezogen worden waren. Auf den ersten Blick konnte ich keinerlei Schäden erkennen, wenn ich jedoch an den Wasserdampf dachte, den das austretende Heißwasser verursacht hatte, wurde mir übel. Bestimmt mussten auch die Regale erneuert werden, da sie die ganze Nacht über im Wasser gestanden hatten und ebenfalls aus Holz waren.

Klempnermeister Wohlerts und einer der sympathischen Feuerwehrleute bestätigten leider meine Befürchtung.

Kurz darauf kam Lars Lührs zu uns nach draußen und schaute so ernst, dass mir das Herz vor Panik bis zum Hals schlug.

»Also, die Ursache für den Wasserschaden steht fest«, begann er etwas zögerlich. »Jemand hat die ganze Nacht lang heißes Wasser in die Wanne laufen lassen. Der Überlauf war verstopft, weil sich ein Waschlappen unglücklich darin verheddert und dann vollgesogen hat ...« Er zuckte bedauernd mit den Schultern. »Ich werde gleich mal ein Protokoll für die Versicherung schreiben, aber ich sage es euch gleich: Die werden nicht zahlen. Das ist leider ganz eindeutig ein Fall von Selbstverschulden. Kinners, wie konnte das denn bloß passieren?« Herr Lührs musterte uns alle, Klempnermeister Wohlerts hüstelte verlegen.

»Und das ist wirklich dein letztes Wort dazu, Lars?«, fragte Hinrich und schaute dem jüngeren Versicherungsfachmann unverwandt in die Augen.

»Jou, Hinrich, das ist es. So leid es mir auch tut. Wenn ich jetzt was anderes behaupte, wäre das Versicherungsbetrug. Ich drücke euch die Daumen, dass die Renovierungsarbeiten nicht zu lange dauern und ihr euch bald von dieser Geschichte erholt. Das Protokoll maile ich euch nachher zu.« Mit diesen Worten ging Lars Lührs.

Vero weinte, und auch ich kämpfte mit den Tränen.

Gleichzeitig war ich so wütend auf Bea, dass es mich beinahe in Stücke riss. Ich konnte mir gut vorstellen, wie das Ganze passiert war: Bea hatte ein Bad nehmen wollen, war durch irgendetwas abgelenkt worden und hatte dann vergessen, den

Wasserhahn zuzudrehen. Danach musste sie das Büchernest verlassen und woanders geschlafen haben.

»Leute, ich geh dann auch mal«, sagte Klempnermeister Wohlerts. »Ich kümmere mich um das Überlaufventil der Badewanne und schaue mir auch alle Armaturen, Dichtungen und Abflüsse an, sobald die Feuerwehr hier raus ist. Ich melde mich bei euch, okay? Und keine Sorge, ich berechne euch dafür nichts, ich habt jetzt genug Probleme am Hacken.«

»Das ist sehr nett, aber das werden wir auf gar keinen Fall annehmen«, widersprach Leon. »Mach du mal deinen Job und stell wie immer eine Rechnung. Du musst auch hart für dein Geld arbeiten.«

Die umstehenden Nachbarn hatten alle gebannt gelauscht. Nun drückte einer nach dem anderen sein Bedauern aus und bot erneut Unterstützung bei der Renovierung und Ähnlichem an.

Ich schwankte zwischen dem Gefühl der Rührung, ohnmächtiger Wut und totaler Hilflosigkeit.

»Wir lassen euch nicht im Stich«, sagte Anke zum zigsten Mal und forderte dann alle Nachbarn auf, wieder zu gehen, wofür ich ihr sehr dankbar war. Auch ich wollte jetzt nur noch eins: nach Hause, mit Liuna-Marie kuscheln, kurz die Welt um mich herum vergessen und Kraft tanken für die schwierige Zeit, die nun vor uns lag.

»Wer von uns verständigt Bea?«, fragte Vero, nachdem die Menge sich aufgelöst hatte und nur noch wir vor dem Büchernest standen. »Egal, wo sie ist, sie muss auf der Stelle kommen und sich dem Chaos stellen, das sie angerichtet hat.«

Hinrich und Leon wechselten fragende Blicke. Wir würden beiden später erklären müssen, weshalb wir gerade Bea in Verdacht hatten, die Verursacherin dieser Katastrophe zu sein.

»Ich rufe sie an, sobald ich daheim bin«, sagte ich. »Wollt ihr noch mit zu uns kommen oder lieber nach Morsum zurückfahren?«

Traurig stellte ich fest, dass ich ab sofort keinen Grund mehr haben würde, im Büchernest zu sein. Außer um ein Schild mit dem Hinweis *Wegen Renovierungsarbeiten auf unbestimmte Zeit geschlossen* an die Tür zu hängen. Doch ich durfte jetzt nicht weinen, sondern musste handeln und mich um die nächsten Schritte kümmern, die unternommen werden mussten, um größeren Schaden abzuwenden. Falls das überhaupt noch möglich war.

»Ich denke, ich bringe Vero jetzt besser heim«, antwortete Hinrich anstelle seiner Frau und legte den Arm um sie. »Lasst uns später einfach telefonieren, wenn die Feuerwehr hier fertig ist und wir einen besseren Überblick über die Situation haben.«

Vero ließ sich widerspruchslos mitziehen und murmelte nur noch: »Bis später.«

Ich selbst ging mit Leon zum Auto, während tausend Gedanken in meinem Kopf herumwirbelten. Ich würde nachher eine Liste machen müssen, um nicht den Überblick zu verlieren. Dann fiel mir ein, dass ich auch Rieke und Tinka darüber verständigen musste, dass sie nicht ins Büchernest zu kommen brauchten. Beim Gedanken an Tinka wurde mir heiß und kalt.

Wo sollte sie denn nun ihr Praktikum machen?

Und Rieke ihre Ausbildung beenden für den Fall, dass wir aus irgendeinem Grund das Büchernest nicht wieder eröffnen konnten?

»Kannst du nicht einen deiner Buchhändlerkollegen fragen, ob einer von ihnen Tinka übernimmt?«, schlug Leon pragmatisch vor, als ich ihm von meiner Sorge erzählte. »In der Weihnachtszeit freuen sich doch alle über eine Aushilfe – und erst recht über eine, die schon so gut eingearbeitet ist und viel Spaß an der Sache hat.«

In meinem Kopf ratterte es immer noch, aber Leons Vorschlag war wirklich gut. Am besten rief ich noch vom Auto aus Rolf Klaumann von der Badebuchhandlung in Westerland an, bevor ich Tinka unnötig verunsicherte. Tatsächlich gelang es mir, den sympathischen Buchhändler an die Strippe zu bekommen, weil ich seine private Nummer hatte. Zunächst war er entsetzt, als er von dem Wasserschaden im Büchernest hörte, doch dann bot auch er sofort seine Hilfe an. »Schick Tinka gerne heute noch vorbei, dann können wir alle Details besprechen. Wir könnten sowohl hier in Westerland als auch in unserer neuen Filiale in Wenningstedt durchaus eine helfende Hand gebrauchen. Dasselbe gilt übrigens auch für Rieke. Wir haben schon vor Wochen wegen einer Weihnachtsaushilfe inseriert, aber leider niemanden bekommen. Dann müsstet ihr Rieke auch kein Gehalt zahlen, solange das Büchernest geschlossen hat.« Erleichterung überflutete mich. »Außerdem könnte ich Ware, die ich vor Weihnachten noch brauche, einfach bei euch einkaufen statt beim Großhändler, wenn ihr die entsprechenden Titel auf Lager habt.«

Ich versprach, mich diesbezüglich zu melden, sobald ich mir einen Überblick über alles verschaffen konnte, und verabschiedete mich von Rolf Klaumann.

Ob es wirklich noch unbeschädigte Bücher im Laden gab, stand allerdings auf einem ganz anderen Blatt.

»Das war eine Superidee«, sagte ich zu Leon, der das Auto mittlerweile in der Einfahrt vor unserem Haus geparkt hatte.

»Das freut mich, Schatz«, antwortete er und nahm mich in den Arm. »Kann ich dich denn jetzt alleine lassen, oder soll ich mich für heute in der Redaktion krankmelden?«

»Nein, nein, lass nur. Wird schon gehen. Nele ist ja da, und vielleicht gelingt es mir ja endlich, Bea zu erreichen. Fahr du mal lieber los, du hast mir eh schon so geholfen.«

Und es ist gut, dass wenigstens einer von uns beiden einen Job hat und Geld verdient.

Nachdem ich mich vergewissert hatte, dass es Liuna-Marie gutging, rief ich nacheinander Rieke und Tinka an, die sich gerade auf den Weg zur Arbeit hatten machen wollen. Die zwei waren zunächst bestürzt, aber auch erleichtert, als sie hörten, dass ich bereits eine gute Lösung für sie gefunden hatte. Auch wenn dies hieß, dass beide künftig in Westerland beziehungsweise Wenningstedt würden arbeiten müssen.

Nach den Telefonaten setzte ich mich zu Nele ins Wohnzimmer, wo sie gerade mit Blairwitch schmuste, während Liuna-Marie auf ihrer Kuscheldecke auf dem Wohnzimmerboden in den Weihnachtspappbilderbüchern blätterte und vor sich hin brabbelte. Ich wollte unbedingt noch einen Moment durchatmen, bevor ich Bea anrief.

Und natürlich Nele detaillierter berichten, was geschehen war.

»Oh, mein Gott, das ist jetzt nicht dein Ernst, oder?«, fragte sie vollkommen entsetzt, nachdem ich sie ins Bild gesetzt hatte. »Aber was wollen wir denn jetzt machen?« Neles *wir* war tröstlich inmitten all des Irrsinns, dessen kompletter Tragweite ich mir noch gar nicht bewusst war.

»Im Grunde gar nichts, außer abzuwarten, wie lange es dauern wird, bis wir wieder aufmachen können – und natürlich zu wissen, was uns der ganze Spaß kostet. Ich darf gar nicht daran denken, dass wir den Dielenboden im Café erst vor einem Jahr neu haben verlegen lassen, damit er zum Stil der Buchhandlung passt. Und was das alles gekostet hat …«

»Gut, dass Paula die Inselkrabben-Kita bis zu ihrer Rückkehr geschlossen hat«, sinnierte Nele. »Sonst müsstet ihr auch noch die Kids woanders unterbringen. Wenn ihr Glück habt, ist das Büchernest fertig renoviert, bis Paula und Patrick von ihrer Reise zurück sind.«

Das stimmte allerdings!

Nur – wovon sollten wir das alles bezahlen? Das Café lief zwar sehr gut, aber die Umsätze der Buchhandlung waren saisonalen Schwankungen unterworfen, und auch vor uns hatte die Branchenkrise keinen Halt gemacht. Die vielen Online-Portale, über die gebrauchte Bücher verkauft wurden, gruben dem Buchhandel seit längerem das Wasser ab und führten – nicht nur bei uns – zu kontinuierlich sinkenden Umsätzen.

»Moin, seid ihr in der Stube?«, schallte es plötzlich durch den Flur. Die Stimme klang ganz nach Bea.

Nele und ich antworteten beide: »Ja, sind wir.«

Und ich setzte noch ein »Wo zum Teufel hast du gesteckt?« hinterher, bevor meine Großtante das Wohnzimmer betrat.

Bea war weiß wie die Wand, als sie sich auf den Sessel fallen ließ, der gegenüber vom Sofa stand. Heute hatte sie noch nicht einmal Augen für Liuna-Marie, die sie freudig anstrahlte und »Ommmama, Ommmammma« brabbelte.

»Ich komme gerade vom Büchernest und habe gehört, was passiert ist. Und ich … also … ich fürchte, ich habe Schuld an diesem ganzen Kladderadatsch.«

Kladderadatsch?!

So konnte man das Ganze natürlich auch nennen.

»Bea, ich fürchte, es ist jetzt höchste Zeit, Klartext zu reden«, hob ich an, auch wenn ich ein bisschen Panik vor dem Ausgang des Gesprächs hatte. »Du benimmst dich in den letzten Wochen äußerst seltsam, machst komische Sachen, verschwindest klammheimlich und hast nun offensichtlich auch den Wasserschaden verursacht, weil du baden wolltest und vergessen hast, den Wasserhahn abzudrehen. Du hast mit dieser Aktion gerade unser aller Existenz aufs Spiel gesetzt, ist dir das eigentlich klar?«

Erschrocken über meinen harschen Tonfall, begann Liuna-Marie zu weinen. Dass Nele sie zu sich auf den Schoß nahm, tröstete die Kleine kein bisschen.

Und auf einmal begann auch Bea zu weinen, was in all den Jahren, in denen ich auf der Insel lebte, noch nie vorgekommen war.

Meine Wut verrauchte augenblicklich, und ich stürzte zu ihr, um sie in den Arm zu nehmen. Sie musste wirklich in allerhöchster Not sein, wenn sie derart in Tränen ausbrach.

»Es … es ist doch nur, weil ich befürchte, dass ich dement werde. Oder Alzheimer habe …«, schluchzte sie. »Immerhin habe ich total vergessen, dass ich noch baden wollte. Ineke hat mich angerufen und gefragt, ob ich sie besuchen will. Und weil wir uns verquatscht haben und es spät geworden ist, habe ich bei ihr geschlafen. An die Wanne habe ich nicht eine Sekunde mehr gedacht.«

Dann hatte ich mit meiner Vermutung also recht gehabt.

Mir wurde heiß und kalt bei dem Gedanken daran, dass Bea ernsthaft krank sein könnte. Die Sorge um die Finanzen und das Büchernest traten sofort in den Hintergrund, und alles, was ich denken konnte, war: Bitte lass das nicht wahr sein!

»Und Adalberts Antrag habe ich nicht angenommen, weil er sich nicht an eine Schwerkranke binden soll«, fuhr Bea schluchzend fort, was mir beinahe das Herz zerriss. »Das ist auch der Grund, warum ich Weihnachten wegfahren wollte. Ich wollte mich schon mal an das Gefühl gewöhnen, ohne euch alle zu sein. Schließlich möchte ich euch nicht zur Last fallen …«

11.

»Natürlich müssen wir noch ein MRT machen, aber momentan gehe ich davon aus, dass es für deine Konzentrationsschwierigkeiten und die Vergesslichkeit andere Ursachen gibt als Demenz, Bea.«

Erleichtert drückte ich Beas Hand, die auf dem Stuhl neben mir im Behandlungszimmer der Praxis unseres Hausarztes saß. Doktor Ingwersen hatte am gestrigen Mittwoch und auch heute verschiedene Tests mit Bea durchgeführt, und nun warteten wir beide gebannt auf die Einschätzung des erfahrenen Mediziners.

Diesmal hatte sie sich nicht gesträubt, sondern selbst vorgeschlagen, so schnell wie möglich einen Arzt aufzusuchen.

»Was trinkst du denn den Tag über so alles?«

Bea räusperte sich und rutschte auf dem Stuhl hin und her. »Wie meinst du das? Spielst du auf Alkohol an? Oder auf Kaffee, den du mir verboten hast?« Doktor Ingwersen verzog weder eine Miene noch antwortete er. »Nun, ich trinke viel grünen Tee, viel Schwarztee, viel …«

»Wie sieht es mit Wasser aus? Kräutertees? Säften?«, fragte der Hausarzt.

Bea schüttelte den Kopf. »Stilles Wasser finde ich stinklangweilig, mit Sprudel geht auch nicht, weil ich die Kohlensäure nicht vertrage. Kräutertees schmecken so nach Kranksein, und Säfte sind mir zu süß.«

»Ah ja«, antwortete Doktor Ingwersen und notierte sich etwas in der Patientenakte. »Gut, dann wäre das auch geklärt. Als Nächstes gehst du bitte nach nebenan, wo Stefanie einen Hörtest mit dir durchführen wird.«

»Einen Hörtest? Aber wieso das denn?« Bea war sichtlich schockiert.

»Weil das in deinem Alter regelmäßig gemacht werden sollte, genau wie Untersuchungen der Schilddrüse, Sehtests, Blutdruckmessungen und andere Vorsorgemaßnahmen. Wir sind nicht mehr die Jüngsten, vergiss das nicht.«

»Aber auch nicht steinalt!«, empörte sich Bea, folgte der Assistentin aber dennoch widerspruchslos ins Nebenzimmer.

Zehn Minuten später stand fest: Sie hatte auf beiden Ohren nur noch knapp vierzig Prozent Hörvermögen und würde demnächst ein Hörgerät brauchen.

»Wenn ich mir das hier alles so anschaue, verstärkt sich mein Eindruck, dass deine Befürchtung, an einer Erkrankung wie Demenz zu leiden, unbegründet ist«, sagte Doktor Ingwersen, und mein Herz begann zu pochen. »Die Gedächtnissprechstunde mit den Tests war völlig in Ordnung, die neurologischen Untersuchungen, die ich selbst durchführen konnte, ebenfalls. Momentan vermute ich, dass du einfach zu wenig trinkst, was man auch daran sieht, dass du sehr trockene Haut hast. Ich rate dir dringend, das zu ändern. Eineinhalb Liter Wasser oder Schorle, möglichst zuckerfrei, sollten es ab sofort täglich sein, wenn du es schaffst, auch gern noch mehr.«

Er sah Bea bei diesen Worten eindringlich an, und zu meinem Erstaunen hörte sie ihm aufmerksam und ruhig zu. »Sobald du das Hörgerät hast, wird sich bestimmt ebenfalls einiges ändern, da ich mir gut vorstellen kann, dass einige Verwechslungen schlicht darauf zurückzuführen sind, dass du etwas falsch verstanden hast. Trotzdem möchte ich gern auch noch eine Szintigraphie deiner Schilddrüse machen lassen und natürlich das MRT. Sobald wir diese Ergebnisse haben, können wir ganz sicher sein. Und du bist deine Ängste los.«

»Aber das ist ja phantastisch!«, rief ich aus und drückte Beas Hand. Auch ihre Wangen hatten endlich wieder ein bisschen Farbe angenommen.

»Ich habe hier zwei Überweisungen für die Klinik und setze mich persönlich dafür ein, dass du die Auswertung noch vor Heiligabend bekommst, damit du beruhigt mit deinen Lieben Weihnachten feiern kannst. Na? Klingt das gut?« Doktor Ingwersen schenkte uns beiden ein beruhigendes, warmes Lächeln, wahrer Balsam für die Seele.

»Ja, das tut es«, murmelte Bea, sichtlich überfordert von der Fülle an Informationen. »Und das heißt dann auch, dass ich in nächster Zeit kein Pflegfall werde und niemandem zur Last falle?«

Doktor Ingwersen schüttelte den Kopf, und mir fiel ein Stein vom Herzen. »Ich glaube nicht, Bea, aber versprechen kann ich heute natürlich nichts. In ein paar Tagen wissen wir mehr, und dann kannst du feiern. Also: Geh heim, ruh dich aus. Stefanie ruft dich nachher wegen des MRT-Termins an.« Erleichtert verabschiedeten wir uns und bedankten uns bei Doktor Ingwersen für seine Hilfe.

»Wenn das alles wirklich so harmlos ist, dann könnte ich

Adalberts Antrag ja vielleicht doch annehmen«, murmelte Bea, als wir im Auto saßen, um von Westerland zurück nach Keitum zu fahren.

Sie war am Dienstagabend nach der Aussprache mit mir zurück ins Kapitänshaus gezogen, wo Adalbert sie mit offenen Armen empfangen und ihr keinerlei Vorwürfe gemacht hatte. Er kannte Bea gut genug, um zu wissen, wie sehr der Fehler, mit dem sie das Büchernest in Schwierigkeiten gebracht hatte, an ihr nagte. Sie hatte bereits angeboten, ihre ganzen Ersparnisse zur Verfügung zu stellen und einen Kredit aufzunehmen, um den Schaden ein wenig zu verringern.

»Es wäre wirklich schön, wenn ihr heiraten würdet«, sagte ich erfreut. In diesem Moment war es mir fast egal, dass das Büchernest seit nunmehr zwei Tagen geschlossen hatte, mein Leben gerade völlig aus dem Takt geraten war und ich nicht die leiseste Ahnung hatte, wie es weitergehen sollte.

Momentan standen sowohl im Laden als auch im Café große Trocknungsmaschinen, um die Feuchtigkeit aus den Räumen zu ziehen und damit auch der Bildung von Schimmel vorzubeugen. Leon, Freunde von ihm, Olli, Hinrich, Adalbert und Eycke hatten geholfen, die Dielenbretter herauszureißen und sie abzutransportieren. Die Bestellung für den neuen Boden konnten wir allerdings erst in Auftrag geben, wenn wir wussten, wie lange das Büchernest geschlossen bleiben musste und wie viel uns die ganze Misere kosten würde. Und dass es teuer werden würde, war klar, denn fast der gesamte Buchbestand war, wie ich befürchtet hatte, durch die Feuchtigkeit vernichtet worden. Einzig und allein das Buchlager im Keller war verschont geblieben. Zum Glück. Denn einen Großteil der Titel hatte tatsächlich die

Buchhandlung Klaumann übernommen, wofür ich sehr dankbar war.

»Magst du noch auf einen Sprung mit reinkommen?«, fragte Bea. »Wir müssen noch besprechen, wie es mit Olli weitergeht. Der Junge kann unmöglich den ganzen Tag untätig herumsitzen.«

Und trotzdem weiter bezahlt werden …

»Olli hat sich bereits gestern für verschiedene Gastro-Jobs beworben«, antwortete ich. »Und ich schätze, die Chancen stehen gut, zumal spätestens ab dem zweiten Weihnachtsfeiertag in den Restaurants die Hölle los sein wird. Um ihn brauchen wir uns also keine Sorgen zu machen, glaube ich. Und was dein Angebot angeht: Ein anderes Mal gern, aber ich fahre gleich zu Anke, nachdem ich dich daheim abgesetzt habe, sammle Nele ein und hole Liuna-Marie ab. Dann machen wir drei uns einen gemütlichen Nachmittag. Wir wollen Plätzchen backen und mit der Kleinen Schlitten fahren.« Ich seufzte tief. »Ich brauche nämlich ganz dringend mal so etwas wie Normalität und Alltag.«

Bea nickte schuldbewusst. Dann verabschiedete sie sich von mir, nachdem sie uns dreien einen schönen Nachmittag gewünscht hatte.

Doch kaum hatten Nele und ich uns warm genug angezogen, um mit Liuna-Marie ans Watt zu gehen, erhielt Nele eine Nachricht von Sven Groot. Er fragte, ob sie und ich spontan Zeit hätten, um sich mit ihm auf dem Reiterhof zu treffen.

»Hey, hey!«, rief Nele begeistert aus. »Da geht ja doch noch was. Wer hätte das gedacht? Meinst du, wir können Liuna-Marie mit dem Schlitten auch zum Reiterhof ziehen, oder muss es unbedingt das Watt sein?«

Darüber brauchte ich nicht lange nachzudenken. Mein Töchterchen war ganz begeistert von Tieren aller Art und mochte am liebsten Pappbilderbücher mit den Themen Bauernhof und Zoo. Und auf dem Reiterhof gab es Ponys.

»Na klar machen wir das«, antwortete ich und zog Liuna-Marie den Schneeanzug an. »Schreib Sven, wir sind ungefähr in einer halben Stunde da.«

Kurz darauf bogen wir in die Süderstraße ein und gingen am traditionellen Restaurant-Café *Salon 1900* vorbei. Schnee bedeckte das Reetdach wie eine Haube aus Puderzucker. Die hübsche Friesentür schmückte ein üppiger Kranz aus Tannenzapfen, der von einer Schicht Raureif überzogen war. Neben dem Eingang stand ein alter Nähmaschinentisch, darauf ein kleiner Tannenbaum in einem schneeweißen Topf.

In der Laterne neben dem Tisch flackerte eine Kerze, bauchige Weinflaschen in unterschiedlichen Größen dienten ebenfalls als Deko. Liuna-Marie interessierte das natürlich kein bisschen; sie war vollauf damit beschäftigt, auf dem Schlitten zu thronen und allen, die vorbeikamen, zuzuwinken – huldvoll, wie eine Königin. Ich zog den Schlitten, Nele lief nebenher und stützte Liuna-Marie mit der Hand, damit sie nicht herunterpurzelte.

Als Nächstes gingen wir am Romantik-Hotel Benen-Diken-Hof vorbei, in dem ich zu gern einmal übernachtet hätte, weil es so traumhaft schön war.

»Orte wie diesen nennt man wohl Winterwunderland, was?« Nele seufzte wohlig und reckte ihr Gesicht der Sonne entgegen. »So schön ich es auch woanders finde, aber Sylt ist im Winter einfach unschlagbar. Ich kann mich gar nicht sattsehen an all den hübschen Friesenhäusern, den Hecken aus

Ilex, dem Efeu, den schneebedeckten Friesenwällen. Das ist wie im Bilderbuch … oder wie im Märchen.«

»Hottehü!«, rief Liuna-Marie plötzlich und deutete auf eine Koppel am Ende der Süderstraße. Ich musste lachen, da auf der Weide keine Pferde standen, sondern zwei Galloway-Rinder mit puscheligem Winterfell. Meine Tochter zeigte mit den Fingerchen in Richtung Koppel. Sie wollte sofort zu den Tieren.

»Weißt du eigentlich, wem dieses Anwesen gehört oder wer da wohnt?«, fragte Nele, als wir an einem wunderschönen, weiß getünchten Reetdachhaus auf der linken Straßenseite vorbeikamen. Es lag versteckt hinter Buchsbaumhecken und Kiefern. In der Mitte des Reetdaches über den Sprossenfenstern prangte das für Friesenhäuser typische weiß lackierte Gaubenfenster. Die Eingangstür war ebenfalls weiß gestrichen und mit hellblauen Intarsien verziert. Ich zuckte mit den Schultern und blieb kurz stehen. Das Haus sah nicht bewohnt aus. Es stand weder ein Fahrrad vor der Tür noch brannte irgendwo Licht. Aus dem Briefkasten, der am Wegesrand befestigt war, ragten mehrere Ausgaben der Sylter Tageszeitung hervor.

»Ehrlich gesagt habe ich hier noch nie bewusst jemanden wahrgenommen«, antwortete ich. »Kann sein, dass das hier genauso ein Spekulationsobjekt ist wie viele andere auf Sylt.«

»Oder es gehört reichen Besitzern, die nur zweimal im Jahr auf der Insel sind und es ansonsten leer stehen lassen«, murmelte Nele. »Eine Schande ist das! Ich wünschte, ich hätte auch Geld wie Heu, dann würde ich es euch sofort geben, damit ihr das Büchernest wieder aufbauen könnt und eure Sorgen los seid.«

»Ja, das wäre schön«, sagte ich leise, in Gedanken einmal mehr bei der Büchernest-Misere. »Aber das Leben ist nun mal kein Ponyhof, und wir beide können leider nicht hexen, also müssen wir die Dinge jetzt so nehmen, wie sie kommen, so schwer mir das auch fällt.«

»Kann ich dir denn irgendwie anders helfen, als dich einfach nur abzulenken?«, fragte Nele. »Vielleicht ein bisschen Geld leihen? Dreitausend Euro könnte ich bestimmt lockermachen.«

»Danke, das ist total lieb«, antwortete ich gerührt. »Doch der Betrag hilft uns unterm Strich leider kaum weiter. Du arbeitest selbst hart für dein Geld und weißt schließlich auch nie, wie es mit deiner Kunst läuft. Glaub mir, ich bin schon froh zu wissen, dass du da bist und ich mit dir auch über andere Themen reden kann als über das Büchernest. Komm, lass uns zur Koppel gehen. Heute will ich einfach mal abschalten.«

Nachdem Liuna-Marie die Galloway-Rinder bestaunt und mit einem fröhlichen *Muh* verabschiedet hatte, gingen wir weiter in Richtung Bahndamm, wo ich schon lange nicht mehr gewesen war. An diesem Ort war es mucksmäuschenstill, da gerade kein Zug fuhr. Auch hier war alles mit feinem Puderschnee bedeckt, der im Licht der Wintersonne glitzerte und funkelte wie ein Teppich aus Diamanten.

»Schau mal da, der Hügel«, rief Nele begeistert und deutete auf einen ziemlich hohen Sandhaufen, der durch den Schnee aussah wie ein kleiner Berg. »Das ist doch die perfekte Piste für unsere Kleine!«

In der Tat! Der Sand war so fest gefroren, dass wir es wagen konnten, mit dem Schlitten hinunterzufahren. Ich setzte mich selbst auf den Hörnerschlitten und hielt meine Tochter zwischen den Beinen festgeklemmt, damit sie nicht hinunterfiel. Natürlich war die Fahrt innerhalb von Sekunden vorbei, doch Liuna-Marie juchzte vor Freude und klatschte begeistert in ihre kleinen Hände.

Keine Frage, dass wir den Weg zum Hof von Arfst Groot erst nach unzähligen »Nochma« meiner Tochter fortsetzen konnten. Doch Sven nahm unsere Verspätung zum Glück gelassen. »Schön, dass ihr beide kommen konntet«, sagte er und gab uns zur Begrüßung die Hand. »Hallo, Kleine. Na, soll ich dir mal unsere Ponys zeigen?«

»Genau deshalb bin ich hier«, antwortete ich und versuchte zu ignorieren, dass Neles Gesicht sich gerade verfinsterte, weil Sven mir und Liuna-Marie eindeutig mehr Beachtung schenkte als ihr. »Aber natürlich auch, um bei der Beratung zu helfen, wenn ich kann. Ich bin schon sehr gespannt zu sehen, wie der Hof und die Gästeunterkünfte aussehen.«

12.

Drei Ponys standen auf der Weide hinter dem Reiterhof und kamen neugierig angetrabt, als wir uns der Koppel näherten. Sven drückte mir eine Möhre in die Hand und schlug vor, dass ich zusammen mit Liuna-Marie eines der süßen Pferdchen fütterte.

»Was ist denn aus Ihrer Pferdehaarallergie geworden?«, fragte Nele sauertöpfisch und funkelte Sven an.

»Ich nehme das Antiallergikum, was natürlich auf Dauer keine Lösung ist, und nähere mich der Koppel nur in Ausnahmefällen wie diesen«, entgegnete Sven und grinste Nele frech an. »Wenn Sie Lust haben, zeigen ich Ihnen das Anwesen, während die beiden sich hier mit den Ponys vergnügen.«

»Ja, macht ruhig, Liuna-Marie und ich sind beschäftigt«, antwortete ich und sah mit Freude, wie sich Neles Gesicht wieder merklich erhellte. »Später würde ich aber gerne nachkommen, denn ich habe, glaube ich, schon eine Idee für die Umgestaltung.«

Nachdem die beiden gegangen waren, ließ ich meinen Blick über das Gelände schweifen. Der Grootsche Hof lag am Rande des Dorfs und war ein kleines Schmuckstück, bestehend aus Stallungen, einem reetgedeckten Haupthaus, in dem

Arfst wohnte, und einem neueren Anbau im friesischen Stil, in dem fünf Ferienwohnungen und zwei kleinere Apartments untergebracht waren. Dies wäre der perfekte Ort, um das Büchernest und das Café umzusiedeln, solange das Büchernest renoviert wurde, dachte ich seufzend.

Morgen Vormittag hatten Bea und ich einen Termin bei unserer Hausbank in Westerland, und ich betete inständig, dass uns der bitter nötige Kredit gewährt wurde, um die Renovierung zu bezahlen und für die Wiedereröffnung im neuen Jahr Ware zu kaufen. Ich durfte gar nicht daran denken, was passierte, sollte unser Antrag abgelehnt werden.

»Huhu, kommt ihr?«, rief Nele eine ganze Weile später vom Eingang des Haupthauses aus und winkte mir zu. Ich setzte Liuna-Marie wieder auf den Schlitten, da ich sie sonst nicht von den Ponys hätte loseisen können. Das Resultat war lautes Gebrüll; meine Kleine mochte es gar nicht, wenn sie ihren Willen nicht bekam.

»Oha!«, kommentierte Sven das Geschrei schmunzelnd. »Da ist aber jemand böse. Vielleicht freut sie sich ja über Sam, unseren Hofhund?«

Wie aufs Stichwort kam ein Golden Retriever mit besonders wuscheligem Fell angetrottet und wedelte freudig mit dem Schwanz, als er uns sah. Liuna-Maries Gebrüll verstummte augenblicklich, und sie krabbelte vom Schlitten, um den Hund zu streicheln.

»Keine Sorge, Sam ist der liebste Hund der Welt«, sagte Sven, als ich versuchte, meine Tochter zurückzuhalten, und tätschelte dessen Kopf. »Und zum Glück eines der wenigen Tiere, gegen das ich nicht allergisch bin. Sollen wir jetzt einen Rundgang machen?«, fragte er mich, schaute dabei aber Nele an.

Irrte ich mich, oder herrschte auf einmal eine vollkommen andere Stimmung zwischen den beiden?

»Macht ihr nur, ich amüsiere mich hier so lange mit Liuna-Marie und Sam«, sagte Nele und strahlte über das ganze Gesicht. Also folgte ich Sven, der mir das Du anbot, und ließ mir das ganze Gehöft inklusive einiger Wohnungen zeigen.

»Und? Was denkst du?«, fragte er, nachdem ich mir die Ferienwohnungen angesehen hatte.

Sollte ich ehrlich sein?

»Nun, ich …«, druckste ich herum. »Ich denke, dass man hier mal kräftig renovieren müsste. Das Ganze hat noch den Charme der siebziger Jahre, wenn du weißt, was ich meine. Zwar ganz gemütlich, aber wohl nicht mehr dem Geschmack der meisten Sylt-Urlauber entsprechend. Allerdings habt ihr auch ganz moderate Preise, insofern erwarten eure Gäste sicher keinen übermäßigen Luxus.«

Sven lächelte. »Und genau das ist auch der Grund, weshalb ich mir wünsche, dass Arfst verkauft und in eine Wohnung umzieht, in der er auch betreut werden kann, wenn er das später einmal brauchen sollte. Wenn man das hier richtig anpackt, kostet das Ganze nämlich eine ziemliche Stange Geld. Und es gibt schon genug traumhafte Hotels hier in Keitum, genau wie wunderschöne Ferienwohnungen. Um Erfolg zu haben, müsste man hier etwas komplett anderes aufziehen.«

»Wie wäre es mit einer Heuherberge?«, schlug ich vor, denn dieser Gedanke geisterte mir im Kopf herum, seitdem ich von dem geplanten Verkauf gehört hatte. »So etwas gibt es hier auf der Insel noch nicht, und du würdest damit gezielt Familien mit Kindern ansprechen. Die Ponys würde ich an eurer Stelle behalten, die Reitpferde hingegen verkaufen. Ich bin felsenfest davon überzeugt, dass dieses Konzept aufgeht.«

»Eine Heuherberge, soso …«, murmelte Sven und fuhr sich über den ehemaligen Dreitagebart, der nun noch ein Stückchen länger war, was ihm ausgesprochen gut stand. »Keine schlechte Idee!«

»Schau dir doch mal im Netz welche an, oder fahr rüber auf Föhr. Da gibt es eine in Süderende, die sehr beliebt ist. Das alles würde aber natürlich voraussetzen, dass du den Betrieb selbst übernimmst oder jemanden beauftragst, dem du vertraust. Könntest du dir denn überhaupt vorstellen, wieder nach Sylt zu ziehen und deinen Job in Hamburg aufzugeben?« Dies fragte ich, wenn ich ehrlich war, eher Neles wegen als aus eigener Neugier.

»Da geht es mir ein bisschen wie deiner Freundin«, antwortete Sven. »Ich bin zwar sehr gerne auf der Insel, habe aber Panik vor dem Inselkoller, speziell im Winter. Andererseits hadere ich schon eine ganze Weile mit meinem Beruf als Unternehmensberater, weil der mich immer mal wieder an meine ethisch-moralischen Grenzen bringt. Vielleicht ist es ja tatsächlich an der Zeit, mein Leben zu überdenken und noch mal ganz von vorne anzufangen …« Der letzte Teil des Satzes war mehr ein Raunen. Ganz klar: Sven rang mit sich und sprach mehr zu sich selbst als zu mir.

»Ich bin damals von Hamburg nach Sylt gekommen, um Bea zu vertreten, als sie mit Vero auf Weltreise gegangen ist«, begann ich, meine Geschichte zu erzählen. »Damals hatte ich großen Liebeskummer, weil mein Freund sich von mir getrennt hatte. Ich hatte kaum Ahnung von Büchern, kannte die Insel nicht und fühlte mich anfangs sehr fremd und einsam hier. Aber es dauerte gar nicht lange, bis ich zu schätzen gelernt hatte, dass das Leben hier sehr viele Vorzüge hat. Die Menschen achten aufeinander, kümmern sich umeinander und helfen sich gegenseitig, wo sie nur können.«

Ich dachte an die vielen netten Grüße, die mich in den letzten Tagen erreicht hatten, um mich wegen des Büchernests zu trösten. Nachbarn hatten Plätzchen oder Suppe vorbeigebracht, Blumen – und einer sogar eine große Flasche Friesengeist *für den Notfall.* »Als Bea dann wiederkam und schwer erkrankte, hatte ich mich mittlerweile so in Sylt verliebt, dass ich beschloss, ganz hierherzuziehen und auf Dauer im Büchernest einzusteigen.«

»Aber hat nicht die Tatsache, dass du dich in einen Insulaner verliebt hast, einen großen Teil dazu beigetragen, dass du dein altes Leben in Hamburg aufgegeben hast?«, wandte Sven ein.

Ich dachte nach. Nach all den Jahren verwischten die Konturen der Erinnerung ein wenig, Bilder schoben sich übereinander und blieben untrennbar miteinander verbunden.

»Dass ich Leon, aber auch Nele kennengelernt hatte, trug sicher zu meiner Entscheidung bei. Aber das war nicht der ausschlaggebende Punkt. Viel wichtiger war das eben beschriebene Gefühl der Geborgenheit, die Liebe zur Natur, ein Verzücktsein von dem Licht hier, von den Dörfern, vom Meer …«

»Alles klar«, meinte Sven schmunzelnd. »Du liebst Sylt, genau wie ich. Ich finde deinen Vorschlag wirklich gut, Larissa, und werde ihn mir mal durch den Kopf gehen lassen. Und ich werde auch mit meinem Großvater darüber sprechen. Bestimmt wäre diese Art von Hotellerie ganz in seinem Sinne. Nichtsdestotrotz muss das Ganze aber auch finanzierbar sein.«

»Wem sagst du das«, entgegnete ich seufzend. »Bea und ich haben morgen früh einen Termin bei der Bank, weil wir einen Kredit für die Renovierung des Büchernests aufnehmen müssen. Drück uns bitte die Daumen, dass das klappt.«

»Na klar, mache ich«, sagte Sven, als wir zurück zu Nele und Liuna-Marie gegangen und im Begriff waren, uns auf den Heimweg zu machen. »Wir halten uns einfach gegenseitig auf dem Laufenden, ja? Macht's gut. Und danke, dass ihr da wart. Tschüss, Liuna-Marie, komm bald wieder und besuch unsere Ponys.«

»Na? Wie findest du ihn?«, fragte Nele auf dem Heimweg mit hochroten Wangen. »Ist er nicht unglaublich toll?«

»Ja, das ist er«, antwortete ich und lächelte still in mich hinein. Sven war souverän genug, um es auf Augenhöhe mit Nele aufzunehmen, vorausgesetzt, er fand Gefallen an ihr. »Ich fände es wirklich schön, wenn er meinen Vorschlag annehmen und den Reiterhof in eine Heuherberge umwandeln würde. Schnöde Eigentumswohnungen und Ferienhäuser haben wir hier schließlich zur Genüge.«

»Und ich könnte ihm bei allem helfen«, sagte Nele schwärmerisch und summte dann vor sich hin. Den Rest des Rückwegs gingen wir schweigend nebeneinanderher, jede von uns in ihrer eigenen Gedankenwelt versunken. Nur Liuna-Marie war putzmunter und brabbelte fröhlich vor sich hin. Ich war mir ziemlich sicher, dass sie heute Nacht bestens schlafen und von Ponys und Hunden träumen würde.

»Magst du noch mit reinkommen, oder wird dir das für heute zu viel?«, fragte ich Nele, als wir bei uns daheim angekommen waren. »Ich wollte noch Plätzchen backen und mir

Gedanken über das Wichteln machen, das für Samstag im Büchernest geplant war. Keine Ahnung, wohin wir das verlegen könnten.«

»Geht das nicht bei Vero?«, schlug Nele vor, und ich addierte im Geiste die Zahl der Personen, die normalerweise beim traditionellen Julklapp im Büchernest dabei waren. Einschließlich aller Mitarbeiter und Stammkunden kamen gut und gerne vierzig Personen zusammen, ein Heidenspektakel, bei dem wir jedes Jahr diebischen Spaß hatten. »Oder in Adalberts Watthaus? Im Seminarraum müsste doch genug Platz für alle sein.«

Neles Vorschlag war in der Tat eine gute Idee, setzte allerdings voraus, dass ich Paula erreichte, um sie um Erlaubnis zu bitten. Dabei fiel mir ein, dass ich ihr noch gar nichts von dem Wasserschaden erzählt hatte, dem das Büchernest – und somit auch ihre Kita – zum Opfer gefallen war.

»Manchmal bist du ein echtes Superhirn«, gab ich lachend zur Antwort. Ich würde gleich versuchen, Paula per WhatsApp zu erreichen, da ich nicht genau wusste, wo Patrick und sie sich zurzeit aufhielten. »Kommst du morgen früh als Maskottchen mit zum Banktermin?«

Nele schüttelte den Kopf. »Wenn es okay für dich ist, würde ich das lieber lassen. Du weißt, ich habe keine guten Erinnerungen an den Laden und glaube, dass ich euch eher Unglück bringen würde als Glück. Ruf mich aber gleich an, sobald ihr da raus seid, dann können wir in Westerland feiern, dass es mit dem Büchernest bald wieder bergauf geht.«

13.

Anstelle von bergauf ging es am Freitag leider bergab. Und zwar so richtig!

»Frau Hansen, ich würde Ihnen ja gern etwas anderes mitteilen, aber seit der Bankenkrise sind wir gezwungen, alle Kreditanträge noch strenger zu prüfen. Und leider steckt die Buchbranche, wie Sie selbst sagen, seit einigen Jahren in einer Phase des Umbruchs, um nicht zu sagen, ebenfalls in einer Krise. Zudem sind Ihre Umsatzzahlen im vergangenen Jahr deutlich zurückgegangen, wie ich anhand Ihrer Bilanz sehen kann. Wenn ich Ihre Zahlen genau analysiere, erkennt man ganz deutlich, dass fehlende Umsätze aus dem Buchverkauf durch Einnahmen aus dem Café kompensiert wurden. Würden Sie uns nach einem Kredit für Ihren gastronomischen Betrieb fragen, gäbe es kein Problem. Aber so …« Leif Ohlsen, unser zuständiger Mitarbeiter bei der Bank in Westerland, blickte uns bedauernd an. »Könnten Sie sich denn prinzipiell vorstellen, komplett auf Gastronomie umzusatteln? Sylt boomt, die Urlauber geben haufenweise Geld für Essen aus, und in Keitum gibt es nicht so viel Konkurrenz.«

Ich sah aus den Augenwinkeln, wie Bea abwechselnd rot und dann wieder blass wurde.

»Genauso gut könnten Sie mich fragen, ob ich morgen nach Grönland ziehen möchte«, schnaubte sie empört und funkelte den Bankangestellten an. »Ich weiß gar nicht, was Sie haben. Ich bin seit Jahren eine gute Kundin Ihres Hauses und nur selten mit einer Zahlung im Rückstand. Die fehlenden Umsätze im Buchbereich haben wir durch elektronische Medien und Non-Book-Artikel wettgemacht. Außerdem verkaufen wir unsere Titel online in den gesamten deutschsprachigen Raum und gedenken dies auch weiterhin zu tun. Krisen kommen und gehen und gehören zum Leben, das wissen Sie so gut wie ich.«

Leif Ohlsen räusperte sich und warf mir einen hilfesuchenden Blick zu. »Das ist absolut richtig, und ich habe auch enormen Respekt vor Ihrer Leistung, gerade in Ihrem … Alter … Aber auch mir ist natürlich zu Ohren gekommen, dass Sie leider – so schwer es mir auch fällt, dies zu sagen – nicht ganz unschuldig an diesem verheerenden Wasserschaden sind. Und nun sind wir natürlich in Sorge, dass sich etwas in dieser Art wiederholen könnte …«

Bea sprang vom Stuhl auf, rief: »Larissa, wir gehen!«, und stolzierte hoch erhobenen Hauptes aus Leif Ohlsens Büro.

Ich konnte gerade noch »Wir melden uns« sagen und fand mich auch schon im Foyer der Bank wieder, wo Bea gegen einen Feuerlöscher trat, der an der Wand befestigt war.

»Nicht zu fassen, was man sich alles bieten lassen muss«, schrie sie, und ich legte beruhigend die Hand auf ihre Schulter.

»Komm, lass uns hier weg«, sagte ich, darum bemüht, nicht die halbe Bank am Ausbruch meiner Tante teilhaben zu lassen. »Dann können wir draußen in Ruhe über alles sprechen.«

Bea folgte mir nur widerstrebend und kickte im Hinausgehen auch noch einen Papierkorb um. »Diese Banker sind doch alle Verbrecher!«, zischte sie. »Wenn du sie brauchst, lassen sie dich im Stich. Kräftig auf ihre Konten einzahlen, ja, das darfst du, ohne auch nur einen Cent für deine Einlage zu kriegen. Aber wehe, du willst was von denen, dann ist Schicht im Schacht.«

»Was hältst du davon, wenn wir an den Strand gehen und uns dort ein bisschen auslüften?«, schlug ich vor in der Hoffnung, meine Großtante zu beruhigen. Zum Glück ging Bea auf meinen Vorschlag ein, so dass wir bald an der Promenade waren und von dort am Wasser in Richtung Hotel Miramar stapften. Über uns spannte sich ein tiefblauer Himmel, nur von wenigen Wolken durchsetzt. Die Sonne schickte ihre Strahlen über den hellen Sand und ließ das Meer silberblau funkeln, während in mir tiefste Dunkelheit herrschte. Austernfischer spazierten am Wassersaum entlang, Seeschwalben ließen ihren Gesang ertönen – ein Tag viel zu schön, um Trübsal zu blasen oder sich mit Existenzängsten verrückt zu machen.

Doch leider blieb uns nichts anderes übrig. Wir mussten uns den Dingen stellen.

»Meinst du, es hat Sinn, die Bank zu wechseln?«, fragte Bea, die als Erste das Wort ergriff.

»Ich fürchte nein«, antwortete ich wahrheitsgemäß. Mir war erst im Gespräch mit Leif Ohlsen klargeworden, dass Beas Verschulden des Schadens bei der Beurteilung einer Kreditvergabe eine nicht unerhebliche Rolle spielen würde. Das erschwerte unsere Lage natürlich sehr. Die Pragmatikerin in mir suchte nach einer Lösung und klammerte sich an die Aussage, dass wir eventuell Geld bekommen würden, wenn wir uns künftig auf Gastronomie spezialisierten, am besten mit Vero als offizieller Geschäftsführerin. Teilhaberin des Cafés war sie eh seit einem Jahr.

Aber ein Leben ohne Bücher?

Allein die bloße Vorstellung genügte, um mir Tränen in die Augen zu treiben. Auch wenn ich den Beruf der Buchhändlerin nie gelernt hatte, war er mir in den vergangenen Jahren so ans Herz gewachsen, dass ich mir unmöglich vorstellen konnte, mein Geld auf andere Weise zu verdienen.

»Sollten wir auf Ohlsens Vorschlag eingehen und das Büchernest in ein reines Café umwandeln?«, fragte Bea zu meinem großen Erstaunen. »Vielleicht können wir da ja trotzdem Bücher ausstellen, zum Lesen für die Gäste, während sie auf das Essen warten. Oder für den Kaffee danach.«

»Das ist jetzt aber nicht dein Ernst, oder?«, fragte ich, vollkommen irritiert von Beas Vorschlag.

Was war denn nun auf einmal los?

Erst hätte sie am liebsten vor Wut die Bank in Schutt und Asche gelegt, nun war sie plötzlich fromm wie ein Lamm auf dem Weg zur Schlachtbank. »Nein, nein, so schnell geben wir nicht auf. Ich denke, wir sollten einen Termin bei einem guten Anwalt machen und ihn fragen, ob wir unsere Position dadurch stärken können, dass wir die Besitzverhältnisse neu ordnen.« Kaum waren mir die Worte entströmt, bereute ich sie. Dummerweise klang mein Vorschlag so, als wollte ich mir das Büchernest unter den Nagel reißen. »Versteh mich bitte nicht falsch«, versuchte ich zurückzurudern. »Es geht mir nur darum, dich bei der ganzen Sache aus der Schusslinie zu bringen. Wie wäre es denn, wenn du den Laden auf Adalbert umschreiben lässt? Ihr wollt doch eh bald heiraten.«

»Lissy, Schätzchen, Adalbert ist genauso alt wie ich. Dasselbe gilt auch für Vero. So eine Bank will jemanden als Inhaber, der noch jung und vital ist. Und das bist nun mal du, meine Liebe. Wer weiß, ob das Ganze nicht ein Wink des Schicksals ist und ein Zeichen, diese Angelegenheit endlich mal neu zu regeln. Du bist doch sowieso die künftige Erbin all dessen, was ich aufgebaut habe, warum also nicht jetzt schon handeln?«

Allein das Wort *Erbe* verursachte mir einen ziehenden Schmerz in der Brust. Ich konnte den Gedanken daran, dass es Bea irgendwann nicht mehr geben würde, kaum ertragen. In meinen Augen war sie so etwas wie unsterblich.

»Das ist lieb«, sagte ich, darum bemüht, mir meine wahren Gefühle nicht anmerken zu lassen, »aber ich weiß nicht, ob eine Umschreibung des Ladens auf mich Leif Ohlsen umstimmt. So, wie ich ihn verstanden habe, räumt er der Buchbranche keine große Zukunft ein und tut sich allein schon deshalb schwer mit der Kreditvergabe. Wir sollten also besser überlegen, woher wir sonst noch Geld bekommen könnten. Lass uns stattdessen lieber mit dem Börsenverein des deutschen Buchhandels sprechen und da mal nachfragen, ob die uns helfen können. Außerdem haben Leon und ich auch ein bisschen was gespart, das wir …«

»Das kommt auf gar keinen Fall in Frage!«, protestierte Bea. »So weit kommt's noch. Ihr braucht eure Reserven für euch und Liuna-Marie. Ihr werdet sicher nicht auf Dauer zur Miete wohnen wollen, und es gibt auch sonst noch tausend Dinge im Leben, für die man das Geld besser ausgeben könnte als dafür, etwas auszumerzen, woran allein ich schuld bin. Nein, nein, wenn hier jemand einen Plan B finden muss, dann ja wohl ich.«

Ich seufzte schwer, weil ich wusste, dass Bea recht hatte. Leon verdiente als Redakteur zwar ganz ordentlich, aber auch nicht die Welt. Und Sylt war nun mal ein teures Pflaster, egal, wie man die Dinge drehte und wendete.

»Was hältst du davon, wenn wir für den Rest des Tages aufhören, uns den Kopf zu zermartern, und uns stattdessen eine schöne heiße Schokolade bei Leysieffer gönnen?«, schlug Bea vor. »Heute können wir sowieso nichts mehr machen. Außerdem müssen wir noch den morgigen Julklapp vorbereiten. Hast du Paula erreicht?«

Ich erzählte, dass Paula meiner Bitte, das traditionelle Weihnachts-Wichteln in ihr Haus am Watt zu verlegen, sofort zugestimmt hatte. Um sie nicht im Urlaub mit Problemen zu belasten, hatte ich ihr den Wasserschaden verschwiegen und behauptet, dass wir den Julklapp bei ihr abhalten wollten, um unseren Kunden ein bisschen Abwechslung zu bieten.

Erst als wir bei Leysieffer in der Friedrichstraße angekommen waren, spürte ich, wie kalt es am Strand gewesen war, trotz der Sonne. Da es vielen Urlaubern genauso ging, war das Café proppenvoll, und wir bekamen erst einen Platz, nachdem ein Pärchen gezahlt hatte und gegangen war. Ja, Sylt boomte. Und genau deshalb würden wir auch bestimmt einen Weg finden, um finanziell über die Runden zu kommen. Wir durften jetzt nur nicht die Nerven verlieren und mussten darauf vertrauen, dass sich alles zum Guten wendete.

»Schau mal, da ist Ineke«, sagte Bea und deutete auf die alte Dame, die gerade selbst gemachte Pralinen am Tresen kaufte. »Soll ich sie fragen, ob sie Lust hat, morgen zum Julklapp zu kommen?«

»Wenn du meinst, dass sie Spaß an so was hat, gern«,

antwortete ich, da ich große Sympathien für die Künstlerin hegte.

Bea winkte Ineke an unseren Tisch und lud sie für morgen ein. Zu meinem großen Erstaunen sagte sie zu. Und ich freute mich darüber, dass wir eine so illustre Gästerunde haben würden.

Ja, die Abwechslung und das Zusammensein mit netten Menschen waren jetzt genau das, was Bea, Vero und ich brauchten. Es hatte tatsächlich keinen Sinn, von morgens bis abends Trübsal zu blasen und sich von Ängsten niederstrecken zu lassen. Angst war niemals ein guter Ratgeber. Außerdem würde das Leben auch weitergehen, wenn wir den Traum unseres heiß geliebten Büchernests würden aufgeben müssen.

Die Hauptsache war schließlich, dass es allen Menschen, die ich liebte, gutging.

14.

Am Samstag waren Vero, Bea, Nele und ich tagsüber vollauf mit den Vorbereitungen für das Wichteln beschäftigt.

Aus alter Tradition schenkten wir uns gegenseitig Bücher, Hörbücher, CDs oder Filme. Allerdings musste jedes dieser Präsente mit Literatur zu tun haben.

Vero war schon seit zwei Tagen dabei, zu kochen und zu backen, und das in Mengen, mit denen man die gesamte Insel hätte versorgen können.

»Ach komm, lass mir das Vergnügen«, hatte sie gestern gesagt, als sie mir am Abend, wie versprochen, die Krähenbeeren vorbeibrachte, die Hinrich und sie in den Dünen gesammelt hatten. »Was übrig bleibt, friere ich ein oder gebe es später denen mit, denen ich eine Freude damit machen kann.« Nicht umsonst gehörte zu Veros Julklapp-Ausstattung immer auch eine Ladung Schüsseln, in die sie später die Reste verpackte und den Gästen zum Abschied in die Hand drückte. »Außerdem halte ich es dieses Jahr vergleichsweise einfach: Es gibt nur Lachstorte, Muschelsalat nach Hausmannsart, Krabbenfrikadellen und dazu Weißbrot. Und zum Naschen biete ich Sylter Kekse, Makronentorte und Gefüllte Sandkugeln an.«

»Gefüllte Sandkugeln? Was ist das denn?«, hatte ich verwirrt gefragt und dabei erfahren, dass es sich bei diesem Dessert um Gebäck handelte, in dessen Teigmulde Johannisbeermarmelade gefüllt wurde. Gehackte Mandeln und Vanillezucker sowie eine Prise Zimt verliehen den Kugeln etwas Weihnachtliches.

»Na gut, wenn du meinst«, hatte ich geantwortet, wohl wissend, dass Vero in diesem Punkt ähnlich stur sein konnte wie Bea. Wenn sie Gäste einlud, war es Ehrensache, dass diese später rundum glücklich und zufrieden den Heimweg antraten, immer noch den köstlichen Geschmack der einen oder anderen Leckerei auf der Zunge.

»So. Mehr Stühle haben wir nicht«, sagte Olli, nachdem er eine lange Tafel aus Tapeziertischen aufgebaut und mit Tischdecken verhüllt hatte. »Oder sind noch ein paar Klappstühle von den Lesungen im Büchernest vorhanden?« Kaum hatte er das Wort Büchernest ausgesprochen, schlug Olli sich mit der Hand auf den Mund. So ging es andauernd, seitdem Bea den Laden und das Café unter Wasser gesetzt hatte. Jeder, mit dem ich sprach, war verlegen, senkte seine Stimme und war darauf bedacht, das Thema Wasserschaden so gut wie möglich zu umschiffen.

»Ich kann gleich mal im Keller nachschauen«, bot Adalbert an. »Muss sowieso noch mal rüber und mich vergewissern, dass die Trocknungsmaschinen noch alle laufen. Wenn ich Stühle finde, die heil geblieben sind, bringe ich sie mit.«

Mit diesen Worten war er auch schon verschwunden, und Olli schaute mich mit einer Mischung aus Bedauern und Mitgefühl an. »Duuuu, Larissa. Es kann übrigens sein, dass ich schon am Montag im Samoa Seepferdchen als Servicekraft anfangen kann. Seit der Erweiterung kommen die mit dem Personal kaum hinterher, dort ist genauso die Hölle los wie in der Sansibar. Wäre das denn okay für dich?«

»Hey, das ist ja toll«, antwortete ich erfreut, denn dies bedeutete sofort eine Sorge weniger. »Ich drück dir die Daumen, dass es klappt.«

Olli sah allerdings nicht ganz so begeistert aus. »Die Sache hat nur einen Haken«, fuhr er fort. »Die brauchen mich dann für mindestens ein halbes Jahr. Andernfalls wollen sie mich gar nicht erst einarbeiten. Das gilt übrigens für die meisten freien Stellen, auf die ich mich beworben habe.«

Meine Laune sank in den Keller.

Das bedeutete ganz konkret, dass Olli uns als Mitarbeiter fehlen würde, wenn wir im neuen Jahr das Büchernest wieder eröffneten. Andererseits konnte ich ihm diese tolle Chance unmöglich verwehren. Zumal zurzeit auch noch überhaupt nicht klar war, ob wir die Finanzierung für die Wiedereröffnung tatsächlich stemmen konnten.

»Alles gut, mach dir keinen Kopf. Nimm die Stelle an und denk nicht an uns«, antwortete ich und hoffte, dass Olli das leise Zittern in meiner Stimme entging. »Wer weiß schon, wie … oder *ob* es mit uns überhaupt weitergeht. Das Samoa Seepferdchen ist ein tolles Restaurant mit einem netten Team, da passt du perfekt hin. Genieß morgen noch deinen freien Sonntag, und fang am Montag da an. Vielleicht kommen Leon und ich dich ja auch mal besuchen, wenn Bea oder Vero auf Liuna-Marie aufpassen. Wir waren schon lange nicht mehr zu zweit essen.«

Viel zu lange, dachte ich seufzend, während mir prompt Leons Bemerkung einfiel, dass wir uns nur noch die Klinke in die Hand gaben. Es war dringend an der Zeit, wieder mehr Romantik in unsere Beziehung zu bringen.

In diesem Moment kam Nele in den Raum gestürzt. »Haben wir noch Platz für Sven?«, fragte sie beinahe atemlos. »Ich habe ihn vorhin zufällig auf der Straße getroffen, als er mit Sam Gassi gegangen ist, und habe ihn spontan zum Wichteln eingeladen.«

»Und dazu hat er tatsächlich Lust?«, fragte ich verdutzt. Svens coole Unternehmensberater-Fassade bröckelte von Tag zu Tag mehr, was mir ausnehmend gut gefiel. Und nicht nur mir, wie ich an Neles Augen erkennen konnte, die vor Vorfreude glänzten.

»Entweder das, oder er nimmt diesen ganzen Julklapp-Kram in Kauf, um mich zu sehen. Wobei ich ihm natürlich auch gesagt habe, dass heute Abend einige Leute aus Keitum da sein werden, die man kennen sollte, wenn man vorhat, sich hier auf der Insel eine berufliche Existenz aufzubauen.«

»Will er das denn wirklich? Ich meine, hat er sich jetzt entschieden?«, fragte ich nach, während ich die lange Tafel deckte. An den beiden Enden dekorierte ich die Kränze aus Krähenbeeren, Tannenzweigen und Ilex, die ich gestern Abend gebunden hatte, nachdem Liuna-Marie endlich eingeschlafen war. Nele schnappte sich das Silberbesteck, das ich schon auf einem Beistelltisch bereitgelegt hatte, polierte es und legte es zu den Gedecken.

»Offensichtlich gefällt ihm deine Idee mit dem Heuhotel, denn er hat schon mit seinem Großvater darüber gesprochen, der ebenfalls nicht abgeneigt zu sein scheint. Aber noch ist natürlich nichts entschieden. Schließlich schmeißt man ja nicht so mir nichts, dir nichts sein ganzes Leben über den

Haufen, nur weil man die Möglichkeit hat, einen alten Reiterhof zu übernehmen, das kenne ich schließlich von mir selbst. So ein Insel-Leben muss man echt wollen, sonst kann man es auch gleich lassen.«

Ich hielt einen Moment mit meiner Arbeit inne. »Und wie denkst du darüber? Könntest du dir vorstellen, hier wieder sesshaft zu werden, wenn Sven sich dazu entschließen sollte?«

Kaum hatte ich diese Frage gestellt, flackerten Neles Augen.

»Das … nun, das weiß ich nicht«, stammelte sie. »Diese Frage hat sich mir bislang nicht gestellt. Du weißt, wie sehr ich die Abwechslung und das Reisen liebe und es schätze, dass ich meine Bilder im Prinzip überall auf der Welt malen kann. Genau wie meine Kinderbücher.«

»Aber wo fühlen Sie sich verwurzelt? Was bedeutet Heimat für Sie?«, fragte Ineke Alwarts Nele, als wir einige Stunden später mit dem Wichteln fertig waren, nach dem Hauptgang nebeneinandersaßen und auf das Thema Sylt als Wohnort zu sprechen gekommen waren. »Ich zum Beispiel beziehe einen Großteil meiner Inspiration aus dieser Insel. Sie hat so viel Schönes zu bieten, zeigt innerhalb weniger Stunden die unterschiedlichsten Gesichter und überrascht immer wieder aufs Neue.«

Nele sah nachdenklich aus, wusste aber keine Antwort auf diese Frage.

»Kennen Sie den Song *Heimat* von Anna Depenbusch?«, fragte Ineke weiter, und ich stutzte. Die alte Dame kannte die Hamburger Liedermacherin, die ich ebenfalls gerne hörte?! Nele schüttelte den Kopf, machte aber große Augen. Sven stand abseits von uns und unterhielt sich mit einigen

Geschäftsleuten aus Keitum, die ebenfalls zu den Stammkunden des Büchernests gehörten. Vero war gerade mit Hilfe von Rieke und Tinka dabei, die Reste der Hauptspeisen abzuräumen. Gleich würde es das Dessert und weihnachtliche Getränke wie Tote Tante und Sylter Weihnachtspunsch geben.

Alle anderen Gäste waren ebenfalls lebhaft ins Gespräch vertieft, was mich sehr freute. Schließlich diente der alljährliche Julklapp in erster Linie dazu, die Keitumer zum Ende des Jahres noch einmal zusammenzubringen, um den Zusammenhalt unserer Gemeinde zu stärken. Ebenso wie die Verbundenheit zu unser aller Heimat.

»Der Text geht in etwa so«, sagte Ineke und begann, leise zu singen. »Meine Heimat und ich sind wie Schatten und Licht eng verbunden …« Ich bekam sofort Gänsehaut, da dieser Song in meinen Augen zum Besten gehörte, was je über dieses Thema geschrieben worden war. »Es hat mich immer ins Weite getrieben, ich bin ihr jedes Mal treu geblieben, weil ich hierhergehör, ob ich will oder nicht.«

»Wow, das ist wunderschön«, hauchte Nele, sichtlich ergriffen. »Und trifft den Punkt. Ich komme zwar ursprünglich aus Bremen, wie Sie wissen, lebe aber schon so lange in einer, man kann fast sagen offenen Zweierbeziehung mit Sylt und anderen Ländern, dass ich mich zuweilen tatsächlich ein bisschen wurzellos fühle. Allerdings zieht es mich immer wieder hierher, zu den Menschen, die ich liebe und ohne die ich mir ein Leben gar nicht vorstellen könnte. Aber wie Anna Depenbusch es ganz richtig formuliert, ist Sylt beides für mich: Schatten und Licht. Mal überwiegt das eine, mal das andere.«

Ineke wiegte den Kopf hin und her, so als summte sie in Gedanken den Song weiter.

Mittlerweile war Sven zu uns getreten. »Haben Sie immer schon auf Sylt gelebt, Frau Alwarts?«, fragte er und stellte sich dicht neben Neles Stuhl. Ich konnte die Energieströme zwischen beiden förmlich spüren, auch wenn ich nicht wusste, ob dies den beiden überhaupt klar war.

»Ich bin auf der Insel geboren und werde auch hier sterben«, antwortete Ineke ohne einen Funken Wehmut in der Stimme. »Sylt und mich verbindet eine bewegte Geschichte, das können Sie mir glauben. Schließlich gab es kaum Tourismus, als ich klein war, und auch Immobilien-Spekulationen und überteuerter Luxus spielten noch keinerlei Rolle. Die Insel, wie ich sie aus meiner Kindheit kenne und liebe, gibt es in dieser Form nicht mehr. Aber es nützt nichts, sich gegen den Lauf der Zeit zu wehren. Von hier wegzugehen wäre für mich niemals eine Option gewesen, so sehr mich diese Vorstellung auch gelegentlich in den Fingern gejuckt hat. Schließlich haben sich die Dinge hier nicht unbedingt zum Vorteil Sylts und schon gar nicht der Insulaner entwickelt. Statt wegzulaufen, habe ich mich aber dafür entschieden, im Stillen dafür zu kämpfen, dass sich hier zumindest einiges zum Besseren wendet. Denn Sylt ist meine große Liebe. Und was man liebt, beschützt man.«

Immer noch Inekes Worte im Ohr, sank ich nach diesem langen Tag erschöpft, aber auch zufrieden in die Kissen. Leon, der nicht beim Julklapp gewesen war, schlief bereits, auch Liuna-Marie lag friedlich eingekuschelt in ihrem Bettchen.

Für mich ist Heimat da, wo die Menschen sind, die ich liebe, war das Letzte, was ich dachte, bevor ich sanft ins Reich der Träume entglitt.

15.

Was hältst du davon, wenn wir heute die Familie ausnahmsweise mal Familie sein lassen und nur für uns bleiben?«, fragte Leon, als wir am Sonntagmorgen beim Frühstück saßen. »Wir könnten Bea und Adalbert fragen, ob sie Liuna-Marie nehmen, und uns zu zweit einen richtig schönen Tag machen.«

»Aber heute ist doch der vierte Advent«, protestierte ich und dachte mit Schrecken an all die Dinge, die in den vergangenen Tagen liegen geblieben waren, weil die Schließung des Büchernests und die Folgen dieser Katastrophe alles andere überschattet hatten. »Ich muss noch die Popen für den Jöölboom backen, das Weihnachtsmenü festlegen, Karten schreiben und überlegen, in welchen Farben wir dieses Jahr schmücken wollen.«

Und mich auf die Raunächte vorbereiten, die bald kommen, fügte ich in Gedanken meiner To-do-Liste hinzu.

Leon stand von seinem Stuhl auf, beugte sich zu mir herab und küsste mich, was Liuna-Marie dazu veranlasste, vergnügt mit dem Löffel auf dem Tischchen ihres Hochstuhls herumzutrommeln. »Siehst du, unsere Tochter findet auch, dass wir mal ein bisschen Zeit für uns brauchen«, sagte Leon schmunzelnd. »Du kannst all diese Dinge doch auch morgen machen, schließlich …« Leon hielt erschrocken inne.

»… ist das Büchernest ja sowieso zu«, vollendete ich seinen Satz. »Ich finde deine Idee grundsätzlich schön und würde nichts lieber tun, als diesen ganzen Mist und meine Ängste mal für einen Tag hinter mir zu lassen, glaub mir. Aber ich kann nicht. Die Bank hat uns eindeutig die rote Karte gezeigt, also müssen Bea und ich uns etwas anderes einfallen lassen. Vielleicht ist es ja tatsächlich an der Zeit, den Tatsachen ins Auge zu sehen: Bea und Vero sind nicht mehr die Jüngsten, unsere Einnahmen waren im vergangenen Jahr ziemlich rückläufig, ich kann zurzeit sowieso nur halbtags arbeiten … Vermutlich wäre es wirklich besser, die Dinge jetzt ruhen zu lassen und mir stattdessen einfach einen Job zu suchen. Vielleicht stellt Rolf Klaumann mich ja in seiner neuen Filiale in Wenningstedt ein. Oder ich arbeite stundenweise in der neu umgebauten Buchhandlung an der Wilhelmine. Notfalls helfe ich auch irgendwo in einem Büro aus.«

Diese Worte auszusprechen fiel mir unglaublich schwer, und ich hatte das Gefühl, dass sich alles in mir verkrampfte, während ich versuchte, nach außen cool und beherrscht zu wirken.

In Momenten wie diesen beneidete ich Nele um ihr Temperament, um ihre kompromisslose Emotionalität. Sie hätte keines dieser Gefühle in sich hineingefressen, wie ich es seit Tagen tat, sondern hätte ihren Schmerz, ihre Enttäuschung, die Wut und ihre Ängste in die Welt hinausgeschrien. Und sie hätte der Welt klargemacht, dass es ein großer Fehler war, ihr, Nele, Steine in den Weg zu legen, denn das hätte sie auf gar keinen Fall verdient.

»Wein ruhig, meine Tapfere«, sagte Leon, zog mich an sich und wiegte mich im Arm wie ein kleines Kind. »Lass es endlich raus, du wirst sehen, wie gut das tut.«

»Aber nicht vor Liuna-Marie«, antwortete ich, während erste Tränen wie ein feines Rinnsal an meinen Wangen hinabrollten. »Es würde sie nur erschrecken.«

»Ein Grund mehr, Bea zu fragen, ob sie sie heute nehmen kann«, entgegnete Leon und ließ mich los. Während er in den Flur ging, um zu telefonieren, putzte ich mir die Nase.

Bea war sofort einverstanden, so dass Leon keine zehn Minuten später aufbrach, um unsere Tochter mit dem Schlitten ins Kapitänshaus zu bringen. Während die beiden von dannen zogen, räumte ich den Tisch ab und notierte, was in den kommenden Tagen alles zu erledigen war und wen ich anrufen könnte, um nach einem Kredit zu fragen. Das Verhängnisvolle an unserer Situation war, dass wir keine Einnahmen hatten, die Fixkosten für das Büchernest jedoch weiterliefen: Miete, Strom, Telekommunikation und vieles mehr mussten bezahlt werden. Jeder Tag, an dem wir keine Bücher verkauften, kostete also doppelt und dreifach. Was in der Konsequenz bedeutete, dass Bea und mir nicht mehr viel Zeit blieb, um eine endgültige Entscheidung zu treffen.

Wie hieß es doch so schön?

Besser ein Ende mit Schrecken als ein Schrecken ohne Ende.

Und eines stand auf alle Fälle fest: Außer mir brauchte keine von uns das Büchernest wirklich. Nele war sowieso nur vorübergehend hier und hatte schon vor Jahren das Café an Bea abgetreten, weil sie keine Geschäftsfrau war. Vero konnte ihre Begeisterung fürs Kochen und Backen auch anderweitig ausleben. Sowohl Bea als auch sie waren finanziell abgesichert, Bea durch ihre Witwenrente und Ersparnisse, Vero durch die Ehe mit Hinrich, ihre eigenen Altersbezüge und das Geld, das auch sie beiseitegelegt hatte. Rieke würde ihre Ausbildung aller Voraussicht nach bei Klaumann beenden, und Olli hatte bereits als Servicekraft im Samoa Seepferdchen angeheuert.

Die Einzige, die bald ebenfalls auf dem Trockenen sitzen würde, war Paula mit ihrem Kita-Projekt. Sosehr ich Paula und Patrick die wohlverdiente Auszeit gönnte, ich würde über kurz oder lang mit ihr sprechen müssen. Doch das würde ich erst tun, wenn ich kapitulieren musste – und so weit war ich definitiv noch nicht. Noch gab ich die Hoffnung darauf, dass am Ende alles gut werden würde, nicht auf.

»Soll ich mal in der Redaktion fragen, ob der *Tagesspiegel* eventuell bereit wäre, als Kooperationspartner bei euch einzusteigen?«, schlug Leon vor, als wir das Auto geparkt hatten und den Weg durch die Heide in Richtung des Kampener Leuchtturms gingen. »Oder wie wäre es mit der *Sylter-Quelle?* Die fördern doch immer wieder kulturelle Projekte.«

Mittlerweile war der Sonnenschein von heute Morgen einem grauen Wolkenband gewichen, das schwer und drückend über der Landschaft hing. Trotzdem hatten wir beschlossen, auf der Seeseite der Insel spazieren zu gehen, um uns den Kopf freipusten zu lassen. Die Kartoffelrosenhecken waren zu dornigem Gestrüpp geworden, das ab und zu von roten Beeren durchsetzt war, bedeckt von einer Haube aus Schnee. Links und rechts erstreckten sich Flächen von lilabraunem Heidekraut und Bäumen, die sich der Kraft des ewigen Windes ergeben hatten und nun mit gekrümmtem

Rücken am Wegesrand standen. Wir kamen an prächtigen, von Kiefern umsäumten Anwesen vorbei; Kampen gehörte zu den exklusivsten und teuersten Orten auf Sylt. *Keiner von diesen Besitzern hat Geldsorgen*, dachte ich seufzend, als ich die weiß getünchten Reetdachhäuser betrachtete, deren parkähnliche Gärten fachmännisch in Schuss gehalten wurden, wie man deutlich sah.

Ich dachte über Leons Vorschlag nach, konnte aber nicht recht warm damit werden.

Ein Fremder als Investor?

Was mich betraf, so konnte ich mir das ja noch ansatzweise vorstellen. Aber Bea?! Sie hatte das Büchernest vor Jahren aufgebaut, Stück für Stück erweitert und zum Erfolg geführt.

»Ich werde morgen mit Bea über deinen Vorschlag sprechen«, antwortete ich und drückte dankbar Leons Hand. »Aber du kennst sie, ich glaube nicht, dass das in ihrem Sinne ist.«

»Aber immer noch besser, als zu wissen, dass du sonst in einer anderen Buchhandlung arbeiten musst, oder?«, widersprach Leon. Inzwischen standen wir auf der Düne vor dem Leuchtturm, unter uns lag der Strand.

Grau schäumend ergoss sich das Meer über den hellbraunen Sand, der von einer Schicht aus gefrorenem Schnee bedeckt war. Möwen staksten am Wassersaum entlang und flogen empört schreiend in den Himmel, wenn eine Welle ihr zartes Gefieder benetzte. Außer uns war so gut wie niemand hier, alle hatten sich in ihren Häusern verkrochen und feierten dort den vierten Advent. Heute war der achtzehnte Dezember, bis Heiligabend waren es nur noch sechs Tage. Mir fiel ein, dass wir üblicherweise am zwanzigsten Dezember den

Weihnachtsbaum kauften. Doch momentan erschienen mir all diese liebgewonnenen Traditionen so weit entfernt, als blickte ich als Außenstehende auf ein Leben, das zwar einmal zu mir gehört hatte, es nun aber nicht mehr tat.

»Wollen wir nach dem Spazierengehen im Grande Plage Kuchen essen und was Heißes trinken oder lieber im Kaamp Meren, diesem neuen Café-Restaurant an der Hauptstraße?«, fragte Leon.

Ich schmunzelte. Egal, wie groß die Probleme auch waren, Leon konnte – wie die meisten Männer – beinahe zu jeder Tages- und Nachtzeit Kuchen essen.

»Es gibt ein neues Café in Kampen?«, fragte ich leicht irritiert. Vor Liuna-Maries Geburt war ich immer auf dem Laufenden gewesen, was die Sylter Gastronomie betraf, allein schon Neles wegen, die bei jedem ihrer Besuche scharf darauf war, neue Lokalitäten zu testen, sofern sie ihr interessant erschienen. Natürlich führten wir auch im Büchernest alle Sylt-Magazine, in denen Neuigkeiten wie diese standen, und ich blätterte ausgesprochen gern in Zeitschriften wie *A la carte*, die sich regelmäßig der Insel Sylt widmeten. Doch seit knapp zwei Jahren war ich schon froh darüber, wenn ich es schaffte, mein Leben und meinen Alltag zu organisieren, oder mal eine freie Minute hatte, um die Orte aufzusuchen, die ich gern mochte, wie die Kleine Teestube in Keitum.

Während der starke Wind uns in den Nacken pustete, begann es zu nieseln. Ich zog die Kapuze meiner Daunenjacke über die Wollmütze und versuchte, mich bestmöglich gegen den Regen zu schützen. Nach zehn Minuten war ich jedoch so durchgefroren, dass ich das Projekt Adventsspaziergang kurzerhand für beendet erklärte und beschloss, das Kaamp Maren auszuprobieren. »Aber vorher würde ich gern noch ein bisschen Schaufenstergucken«, erklärte ich Leon. »Ich war schon so lange nicht mehr hier. Wer weiß, was es an neuen Geschäften gibt, von denen ich Nele erzählen kann.«

Eine Viertelstunde später klebte ich förmlich an der Auslage des *Wunderkind*-Stores von Wolfgang Joop. Doch so schön und phantasievoll ich seine Mode auch fand: Ich war weder der Typ, um sie zu tragen, noch im Ansatz in der Lage, derartig viel Geld für Kleidung auszugeben.

Als ich darüber nachdachte, stach mir mit einem Mal die Existenzangst ins Herz wie eine Pfeilspitze. Zahllose unbeantwortete Fragen wirbelten durch meinen Kopf: Würde Leons Gehalt notfalls reichen, um uns zu ernähren, falls ich nicht so schnell wie gehofft einen neuen Job fand?

Was, wenn wir die fortlaufenden Kosten für das Büchernest nicht mehr tragen konnten?

Würden Bea und Vero wirklich klarkommen, wenn ihr Lebensinhalt von heute auf morgen wegfiel?

»Komm, lass uns gehen, ich bekomme gerade eine kleine Krise«, sagte ich und zupfte Leon am Ärmel. Und auch das Nächste, was ich sah, trug nicht gerade dazu bei, meine Laune zu heben: Vor einer Boutique am Strönwai standen – akkurat aufgereiht – Bobbycars in den Farben Grün, Schwarz und Blau. Auf jedem von ihnen prangte ein dicker Mercedes-Stern.

Mir wurde schwindelig angesichts dieser Dekadenz, und ich konnte in diesem Moment nur eines denken: Bitte, bitte, liebes Universum, schick mir jemanden, der unseren Geldsorgen endlich ein Ende bereitet! Das ist mein allergrößter Weihnachtswunsch.

16.

Montagmorgen erwachte ich von meinem eigenen Schrei: Ich hatte geträumt, an einem Abgrund zu stehen. Jemand wollte mich hinunterstoßen.

Hilfesuchend tastete meine Hand nach Leon, doch seine Seite des Bettes war leer. Stöhnend richtete ich mich auf, wischte Tränen aus meinen Augenwinkeln und erschrak, als ich sah, dass es schon halb zehn war. Wie von der Tarantel gestochen sprang ich aus dem Bett, stieß mir dabei den großen Zeh an der Türschwelle und humpelte leise fluchend in Liuna-Maries Zimmer.

Doch auch das war leer.

Mit nackten Füßen tappte ich nach unten, wo ich einen Zettel auf dem Esstisch fand:

Du hast so tief und fest geschlafen, dass
ich Dich nicht wecken wollte. Also habe ich
unsere kleine Maus zu Anke gebracht.
Genieß den Tag und mach Dir keine Sorgen.
Uns fällt schon etwas ein!
Ich liebe Dich,
Dein Leon

Erleichtert und immer noch ein wenig benommen ließ ich mich auf einen der Stühle sinken. Dann wanderte mein Blick zum Fenster. Es war – trotz der Uhrzeit – fast stockdunkel. Der Schnee war zum Teil geschmolzen, da es gestern Abend deutlich milder geworden war und zu regnen begonnen hatte.

Kahle Äste, grauer Matsch auf dem Rasen, selbst im Vogelhäuschen war keine Spur von Leben. Und dann dieser Alptraum, dessen Bilder mich noch fest im Griff hatten.

Konnte dieser Tag noch deprimierender werden?

Doch, er konnte!

Als ich nach einem hastigen Frühstück Bea anrief, um sie zu fragen, wie wir weiter vorgehen sollten, erzählte sie mir, dass sie am Vormittag bereits mit vier weiteren Banken gesprochen hatte. Aber alle waren sich einig: Sie brauchten Sicherheiten, die Bea als betagte Besitzerin und Verursacherin des Wasserschadens nicht bieten konnte.

»Die letzte Chance wäre, das Kapitänshaus als Bürgschaft einzubringen«, fuhr Bea fort.

»Das kommt auf gar keinen Fall in Frage!«, protestierte ich. Beim bloßen Gedanken daran, dass irgendetwas schiefging und Bea gezwungen sein könnte, ihr geliebtes Haus zu verkaufen, das seit Generationen im Besitz der Familie war, brach mir der Angstschweiß aus. »Entweder wir finden jemanden, der uns hilft, weil er an unser Konzept glaubt und uns vertraut. Oder eben nicht. Keiner von uns wird etwas aufs Spiel setzen, das er zum Leben braucht. Was würdest du eigentlich dazu sagen, wenn wir versuchen, den *Tagesspiegel* oder die *Sylt-Quelle* mit ins Boot zu holen?«

»Als Teilhaber?«, fragte Bea und schnaufte hörbar. »Hm … also ich weiß nicht. Das würde ja bedeuten, dass die ein

Mitspracherecht haben und am Gewinn beteiligt sind. Und du weißt selbst, dass wir mit den Einnahmen zwar einigermaßen über die Runden kommen, aber in erster Linie, weil wir alle keine so hohen Umsatzerwartungen haben und recht bescheiden leben. Es bleibt unterm Strich einfach nicht genug übrig, um einen Investor zufriedenzustellen.«

Diesem Argument konnte ich nicht widersprechen.

»Aber mal was ganz anderes: Ich habe heute am frühen Nachmittag den Termin fürs MRT in der Klinik und danach einen zweiten beim Hörgeräteakustiker. Das ist eine ganz schöne Prozedur, kann ich dir sagen. Hoffentlich komme ich mit den Dingern klar und das Ganze wird nicht so ein Debakel wie damals die Geschichte mit der Gleitsichtbrille. Wärst du so lieb, mich zu begleiten?«

»Aber natürlich komme ich mit, schließlich will ich wissen, was beim MRT herauskommt«, antwortete ich, während es in meinem Kopf immer noch ratterte. »Ich muss sowieso noch ein paar Sachen in Westerland besorgen und würde anschließend gern in Tinnum schon mal die ersten Großeinkäufe für die Feiertage erledigen. Vorher muss ich aber noch mit Vero das Menü abstimmen. Und wo wir gerade bei diesem Thema sind: Hast du dich eigentlich schon bei ihr für deinen Ausbruch entschuldigt?« Mit Schaudern dachte ich daran, wie Bea Vero beleidigt hatte, indem sie ihr vorwarf, nichts anderes als Kochen und Backen im Sinn zu haben. Vor diesem Hintergrund war es besonders skurril, dass die Bank uns nur dann einen Kredit gewähren wollte, wenn wir das Büchernest als reines Café-Restaurant unter Veros Leitung weiterführten.

»Ja, ich hab ihr gesagt, wie sehr mir mein Ausbruch leidtut«, kam es kleinlaut von Bea. »Ich weiß nicht, was da in mich gefahren ist. Zum Glück ist Vero eine Seele von Mensch und nicht nachtragend. Momentan nervt sie mich allerdings damit, dass sie ständig fragt, ob ich auch genug trinke und ob ich mein Schnarchen nicht doch mal in einem Schlaflabor untersuchen lassen will. Das kann sie sich allerdings abschminken. Es reicht jetzt allmählich mit diesen ganzen Arztbesuchen!« Bea schnaubte unwillig. »Was hältst du davon, wenn du mich um zwölf abholst und wir noch etwas bei Gosch schnabulieren, bevor ich in die Röhre muss?«

»Gute Idee, aber vorher muss ich noch fragen, ob Liuna-Marie heute länger bei Anke bleiben kann.«

Nachdem die Tagesmutter sich bereit erklärt hatte, meine Kleine heute länger zu betreuen als sonst, schrieb ich eine Liste mit den Einkäufen, die ich später in Tinnum erledigen wollte. Doch immer, wenn ich dabei war, etwas Kostspieligeres zu notieren, begann meine Hand zu zittern. Vielleicht sollte ich Vero offen sagen, dass wir es in diesem Jahr an den Feiertagen etwas sparsamer angehen sollten als sonst, da ich einfach nicht einschätzen konnte, wie es finanziell weiterging. Während sich das Sorgenkarussell weiterdrehte, dachte ich an Leons Worte – *Genieß den Tag* –, die zwar nett gemeint waren, aber nicht einfach umzusetzen.

Wirklich entspannen konnte ich mich sowieso erst, wenn das Ergebnis von Beas Untersuchung Entwarnung brachte. Alles andere würde sich dann schon irgendwie fügen, egal wie sehr ich mich gerade ängstigte.

»Adalbert hat übrigens angeboten, sein Haus am Watt zu verkaufen, um uns beim Wiederaufbau des Büchernests zu helfen, als ich ihm von der Pleite mit den anderen Banken erzählt habe«, sagte Bea scheinbar beiläufig, als wir mittags am Tresen des Gosch-Imbisses in der Westerländer Friedrichstraße standen und die Auslage begutachteten. Normalerweise lief mir angesichts der dort präsentierten Köstlichkeiten das Wasser im Mund zusammen, doch heute fehlte mir der Appetit. Deshalb bestellte ich aus Gewohnheit eine Ofenkartoffel mit Kräuterquark und gegrilltem Flusskrebsfleisch, wohingegen Bea sich ein Gratin mit Jakobsmuscheln und Blattspinat gönnte.

»Meine Henkersmahlzeit«, erklärte sie mit schiefem Grinsen, als wir zu dem freien Tisch am Fenster gingen, um auf unser Essen zu warten. »Also, Lissy, was sagst du zu Adalberts Vorschlag? Du bist gerade stumm wie ein Fisch.«

Das stimmte allerdings. Ich war nämlich viel zu sehr damit beschäftigt, darüber nachzudenken, wie ich Adalberts großzügiges Angebot finden sollte, um spontan etwas dazu zu sagen.

»Ich weiß nicht, ob das wirklich so eine gute Idee ist«, antwortete ich, darum bemüht, die richtigen Worte zu finden. »Ihr beide heiratet, da müssen die Besitzverhältnisse natürlich geklärt werden. Aber denkt dabei auch an Paula und Olli, die bei der angespannten Immobiliensituation auf Sylt so schnell keine neue Bleibe finden werden. Du weißt, wie lange Olli auf dem Campingplatz in Hörnum leben musste, weil er keine Wohnung bekommen hat. Außerdem müsste Adalbert dann externe Räume für seine Yoga- und Meditationsseminare anmieten, was ebenfalls so gut wie unmöglich ist. Diese Kurse sind Adalberts Lebensinhalt, und er verdient damit zudem noch gutes Geld zu seiner Rente.«

Bea senkte betreten den Kopf und nickte dann. »An all das habe ich gar nicht gedacht«, murmelte sie. »Aber ich weiß momentan leider keinen anderen Ausweg. Das Haus würde sehr, sehr viel Geld einbringen, obwohl du natürlich mit deinen Argumenten recht hast.«

»Dann lass uns den Gedanken an den Hausverkauf doch einfach als letztmögliche Option im Hinterkopf behalten«, schlug ich vor. »Und bis dahin loten wir noch andere Möglichkeiten aus, spielen Lotto oder kaufen uns ein paar von diesen Rubbellos-Adventskalendern in Tannenbaumform …«

Zum Glück signalisierte der Pieper in diesem Moment, dass unser Essen fertig war. Schnell stand ich auf und ging zur Theke hinüber. Nicht dass ich Bea mit meiner Stimmung noch ansteckte. In meiner heutigen Verfassung hätte ich mich am liebsten irgendwo verkrochen und wäre erst wieder aus meinem emotionalen Winterschlaf aufgetaucht, wenn es Frühling war, die Blumen blühten und die Sonne alles in ein milderes, freundlicheres Licht tauchte.

Nach dem Essen gingen wir zu Fuß zur Klinik, wo Bea zum Glück pünktlich drankam. Keine halbe Stunde später tauchte sie auch schon wieder im Wartezimmer auf, wo ich gerade in die Lektüre eines Reisemagazins vertieft war und von einem sorgenfreien Urlaub in der Provence träumte.

»Leider sagen mir die Ärzte heute nichts zum Untersuchungsergebnis«, erklärte Bea und zog die Mundwinkel nach unten. »Sie schicken die Unterlagen zu Doktor Ingwersen, und der wird sie dann mit mir durchgehen.«

»Oh«, antwortete ich enttäuscht. Ich hatte so gehofft, dass dieser Tag zumindest in diesem Punkt Klärung bringen würde. »Und wie schnell bekommst du einen Termin bei ihm?«

»Das weiß ich gleich«, entgegnete Bea und zückte ihr

Handy, das sie zu meinem Erstaunen recht häufig benutzte, seit Adalbert sie von dessen Vorzügen überzeugt hatte. Nach einem kurzen Wortwechsel mit der Sprechstundenhilfe stand fest, dass wir morgen Vormittag Näheres erfahren würden. Bis dahin hieß es also noch: abwarten und Tee trinken.

Dasselbe galt für den Termin beim Hörgeräteakustiker, der Bea klarmachte, dass sie ein paarmal würde kommen müssen, damit er das optimale Gerät für sie anfertigen konnte.

Wie so häufig in den letzten Tagen dachte ich, dass mir gar nicht aufgefallen war, dass Beas Hörfähigkeit nachgelassen hatte. Nun gut, sie sprach ein kleines bisschen lauter als sonst und fragte hin und wieder mal nach, aber taten wir das nicht alle ab und zu?

»Hast du denn wirklich große Probleme beim Hören?«, fragte ich Bea, um mir ein differenzierteres Bild zu machen. Bislang war dieses Thema ja durch alles andere in den Hintergrund gedrängt worden, aber nun wollte ich es genau wissen.

»Eigentlich kaum«, antwortete sie. »Es geht wohl nur um bestimmte Frequenzen, wenn ich Doktor Ingwersen richtig verstanden habe. Ich überhöre zum Beispiel häufig die Türklingel, das Handy oder das Summen der Waschmaschine, wenn der Waschgang fertig ist.«

In meinem Kopf fügten sich einige Puzzleteilchen zusammen, was mich sehr erleichterte. Wie oft hatte ich mich schon darüber gewundert, dass Bea inmitten des größten Trubels im Büchernest seelenruhig dagestanden und sich mit jemandem unterhalten hatte, obwohl ich die Klingel gedrückt hatte, die an der Kasse stand und signalisierte, dass ich Hilfe brauchte. Mindestens ebenso häufig war Bea nicht ans Telefon gegangen und war erstaunt gewesen, als ich sie gefragt hatte, wieso sie nicht zurückrief. Solche Reaktionen hatte ich natürlich ihrem friesischen Eigensinn zugeschrieben und wäre nicht im Traum auf die Idee gekommen, dass sie einfach nur schlecht hörte.

Während wir gemeinsam zum Auto gingen, fragte ich sie, wie es Nele ging, von der ich seit dem Julklapp am Samstagabend weder etwas gehört noch gesehen hatte.

»Das kann ich dir gar nicht so genau sagen«, antwortete Bea. »Gestern Morgen kam sie mir im Garten entgegen, als ich kurz draußen war, um die Wetterlage zu checken, hatte es aber offensichtlich eilig. Danach waren Adalbert und ich mit Liuna-Marie beschäftigt, und heute … nun, das weißt du ja selbst.«

Merkwürdig!

Normalerweise war ich über fast jeden Schritt von Nele informiert, genau wie sie über meine, zumindest, wenn sie auf Sylt war. Bedeutete ihr plötzliches Abtauchen, dass sich zwischen Sven und ihr etwas angebahnt hatte?

Das Knistern zwischen beiden war schließlich mehr als deutlich zu spüren gewesen. Ich würde versuchen, sie nach dem Einkaufen zu erreichen, um zu fragen, wie es ihr ging. Doch vorher musste ich noch mit Vero das Festtagsessen und das Weihnachtsmenü besprechen, auch wenn ich mir gerade überhaupt nicht vorstellen konnte, wie wir dieses Jahr gemeinsam fröhlich unterm Tannenbaum sitzen wollten, wenn doch die Zukunft unseres heiß geliebten Büchernests gerade auf wackligen Beinen stand.

17.

»Bäh, ist das ’ne eklige Matschepampe da draußen!«, fluchte Nele, nachdem ich sie ins Haus gebeten hatte, zog die dicken Boots aus und stellte sie auf das Handtuch, das im Flur ausgebreitet war. Normalerweise konnten all unsere Besucher die Schuhe anlassen, doch heute wollte ich vermeiden, dass wir alle das Gemisch aus Schneematsch und Streusalz ins Haus trugen. »Und so eine fiese Kriechkälte, die durch alle Poren dringt. Nee, nee, nee, dieses Wetter ist definitiv nichts für mich, ich will wieder in den Süden.«

»Wie wär’s mit einem heißen Bad?«, fragte ich, nahm Neles Daunenjacke sowie ihren Schal und hängte beides an die Garderobe.

»Echt jetzt?« Nele machte kugelrunde Augen.

»Echt jetzt«, antwortete ich, weil ich wusste, dass ich ihr mit meinem Vorschlag eine große Freude machte. »Ich habe neulich von einer Kundin tolles Badesalz mit dazu passendem Badeöl geschenkt bekommen, und zwar in den Duftrichtungen Winterbeere und Schoko-Cranberry. Während du dich in der Wanne aalst, koche ich uns einen Tee, und dann hauen wir uns gemütlich auf die Couch und feiern, dass bei Bea alles in Ordnung ist. Was sagst du dazu?«

»Dazu sage ich, dass das alles ganz verlockend und wunderbar klingt, wir aber *erst* die Popen für den Jöölboom backen und *danach* auf dem Sofa rumlümmeln sollten. Baden würde ich allerdings trotzdem gern. Und zwar mit dieser Schoko-Mischung.«

»Wie du magst«, antwortete ich. »Ich lasse schnell das Wasser ein, lege dir Handtücher raus, und du kannst währenddessen versuchen, Liuna-Marie ins Bett zu bringen. Mal sehen, wie sie das findet.«

Zu meinem Erstaunen ließ sich meine kleine Tochter ohne Protest von Nele auf den Arm nehmen und nach oben tragen. Nele konnte wirklich gut mit Kindern, auch wenn sie selbst von sich das Gegenteil behauptete. Ob sie wohl jemals sesshaft werden und eine eigene Familie gründen würde?

Während das heiße Wasser in die Wanne lief, musste ich unweigerlich an das Büchernest denken und daran, was Beas Fehler für schreckliche Konsequenzen hatte. Wäre der Überlauf nicht durch einen Waschlappen verstopft gewesen, den Bea – warum auch immer – darübergehängt hatte, wäre nichts passiert, und wir hätten alle sorgenfrei Weihnachten feiern können. Die größte Sorge von allen waren wir allerdings los, da Doktor Ingwersen heute bestätigt hatte, dass das MRT keinerlei Auffälligkeiten aufwies. Diese gute Nachricht war ein Geschenk, das alle Probleme weit in den Schatten stellte.

»So, Madame können jetzt baden«, sagte ich zu Nele, die Liuna-Marie gerade ein Schlaflied vorsang. »Es liegt alles bereit.«

Nele gab meiner Tochter einen zarten Kuss auf die Wange und schlüpfte dann durch den Türspalt in Richtung Badezimmer.

Ich beugte mich über das Bettchen und vergewisserte mich, dass es Liuna-Marie gutging und das Babyphone funktionierte.

Leon war heute Abend mit Freunden zum Glühweintrinken unterwegs, das traditionell immer nach dem Kauf des Weihnachtsbaumes stattfand, und würde sicher erst spät in der Nacht zurückkommen, also passten Nele und ich auf die Kleine auf.

Ich selbst hatte den halben Tag Plätzchen sowie Lebkuchen für das Lebkuchenhäuschen gebacken, nur die Sylter Popen wollte ich zusammen mit Nele zubereiten.

Morgen stand dann die Weihnachtsdeko auf dem Programm. Dafür musste ich noch Äpfel mit Zuckerguss verzieren. Während ein Teil als Schmuck am Tannenbaum befestigt wurde, wollte ich den Rest in einer Schale mit Orangen dekorieren, die mit Nelken gespickt waren und köstlichen Weihnachtsduft verströmten.

Die Schließung des Büchernests hatte, zumindest in diesen Tagen, einen Vorteil, wenn man das so nennen konnte: Ich hatte zum ersten Mal seit Jahren genügend Zeit und musste nicht nach Ladenschluss herumhetzen, um alles zu besorgen, und bis tief in die Nacht backen und dekorieren. Im Buchhandel waren diese Wochen nun mal die wichtigsten und umsatzstärksten des Jahres, aber auch die nervenaufreibendsten. Nicht selten empfahl ich nachts in meinen Träumen weiter Bücher, packte Romane und Bildbände in Goldpapier ein und gab Bestellungen der Titel durch, die noch dringend vor Heiligabend benötigt wurden. Morgens erwachte ich dann wie gerädert und hatte zuweilen das Gefühl, dass ich Tag und Nacht arbeitete.

All die Mühe lohnte sich aber, denn ich wusste, dass die

Kunden, die bei uns ihre Geschenke besorgt hatten, ihren Lieben eine große Freude machten, da alles sorgfältig ausgewählt und individuell auf die Wünsche der Beschenkten abgestimmt worden war.

Buchhändlerin zu sein war ein unglaublich schöner Beruf, den ich um nichts auf der Welt missen wollte.

Ich versuchte, gegen die Welle von Traurigkeit anzukämpfen, die mich erneut zu überrollen drohte, und dachte an Beas Worte von heute Vormittag: »Lass uns jetzt mal eine Auszeit von den Sorgen nehmen und in den kommenden Tagen nicht darüber nachdenken, was mit dem Büchernest passiert. Die Advents- und Weihnachtszeit ist viel zu kostbar, um sie mit negativen Gedanken zu verschwenden. Im neuen Jahr setzen wir uns dann erholt und frisch zusammen und suchen gemeinsam nach einer Lösung, einverstanden?«

So schwer es mir auch gefallen war, ja zu Beas Vorschlag zu sagen, war es in der Tat das Klügste, die Dinge über die Feiertage ruhen zu lassen. Man konnte in dieser Zeit weder jemanden erreichen, der vielleicht helfen würde, noch waren wir in der Lage, Entscheidungen zu treffen. Morgen sollten aller Voraussicht nach die Räume trocken sein, danach würden wir sehen, was die Handwerker und Experten zum Zustand des Büchernests sagten.

»Träumst du?«, fragte Nele, die auf Frotteesocken an den Füßen zu mir in die Küche getappt war, ohne dass ich sie gehört hatte. Sie trug eine gemütliche Jog-Pant und ein graues Kapuzensweatshirt, genau die richtige Kleidung für einen netten Mädelsabend. Die wilden roten Locken hatte sie mit Klammern hochgesteckt, damit sie beim Backen nicht in den Teig hingen. »Also, womit wollen wir anfangen?«

»Als Erstes mache ich uns Musik an und koche einen Tee, würde ich sagen«, schlug ich vor, doch Nele kräuselte die Nase. »Och, hast du nichts Besseres? Mir ist danach zu feiern, dass Bea gesund ist. Außerdem bin ich verwirrt und brauche dringend deinen Rat. Hast du nicht noch irgendwo eine Flasche fertigen Glühwein rumstehen oder Rosé-Prosecco? Wobei mir Glühwein deutlich lieber wäre, wenn ich ehrlich bin. Ich fröstle immer noch vor mich hin, trotz Wanne.«

»Oje, hoffentlich wirst du nicht krank«, sagte ich und schaute Nele genauer an. Sie war trotz des heißen Bades blass, wie alle im Winter, wirkte aber ansonsten kerngesund. Also öffnete ich einen der Küchenschränke und wurde fündig: Vom Adventskaffee waren nach Beas dramatischem Abgang mehrere Flaschen Glühwein übrig geblieben. »Meinst du, die reichen?«, fragte ich augenzwinkernd.

»Wenn nicht, holen wir noch welche von der Tankstelle in Westerland. Zu Fuß«, antwortete Nele und blitzte mich vergnügt mit ihren grünen Katzenaugen an. »Also her mit dem edlen Gesöff und einem Topf, dann lege ich schon mal damit los. Hast du eine Orange?«

Während Nele die Orange wusch und anschließend in Scheiben schnitt, überflog ich zur Sicherheit das Rezept des hellen Keksteigs, der als Grundlage für die Popen diente. Später kamen die Teigfiguren dann als traditionelle Deko an den Jöölboom, den hölzernen Sylter Tannenbaum, den die meisten Friesen in der Weihnachtszeit aufs Fensterbrett stellten. Sobald Hahn, Pferd, Hund, Mann und Frau ausgebacken und abgekühlt waren, wurden sie mit Fliederbeersaft bestrichen, der ihnen eine ganz besondere Färbung verlieh. Nachdem ich alles bereitgelegt hatte, holte ich die alte Blechdose mit den

Ausstechformen, die mir Vero vor Jahren geschenkt hatte. Danach verrührte ich die Zutaten mit dem Mixer in einer Schüssel, während Nele zwei Bleche mit Backpapier auslegte und die Teigrolle mit Mehl bestäubte.

»Auf einen schönen Abend«, sagte Nele, nachdem sie zwei dickwandige Gläser mit Glühwein gefüllt und mir eines davon gereicht hatte. »Und auf die Liebe. So verwirrend sie auch manchmal ist.«

»Ich platze vor Spannung«, antwortete ich kichernd, da mir bereits der erste Schluck ein wenig zu Kopf stieg, und begann, den Keksteig auszurollen. »Also, was ist los? Wieso warst du seit Samstagabend wie vom Erdboden verschluckt? Hat Sven zufällig etwas damit zu tun – und mit dem Funkeln in deinen Augen?«

»Ja und nein«, meinte Nele vage, leerte ihr Glas in einem Zug und schnappte sich dann zwei Ausstechformen. Dass sie sich für die Motive *Frau* und *Mann* entschied, war sicher kein Zufall. »Momentan bin ich viel zu verwirrt, um sagen zu können, ob die Sache mit Sven etwas Gutes ist oder eher die nächste Vollkatastrophe, in die ich schlittere. Du kennst schließlich meinen fatalen Hang zu Männern, die mir in der Regel nicht gerade guttun.«

»Oh ja, den kenne ich«, antwortete ich und spürte, wie sich mein Magen verkrampfte. Wie oft hatte ich Nele trösten müssen, weil sie riesigen Liebeskummer hatte. »Allerdings kenne ich auch Männer, die dir gutgetan hätten, dir aber genau deshalb zu langweilig waren. Also: Zu welcher Kategorie gehört Sven? Ist er überhaupt frei?«

»Ich glaube schon«, sagte Nele, und sofort begannen alle Alarmsirenen bei mir zu schrillen. »Es gibt da wohl in

Hamburg eine Frau, mit der er länger in einer Firma gearbeitet und bis vor kurzem auch zusammengelebt hat ... Aber das scheint vorbei zu sein, wenn ich ihn richtig verstanden habe.«

»Es *scheint* vorbei zu sein – oder es *ist* vorbei?«

Nele zuckte mit den Schultern und füllte ihr Glas ein zweites Mal. »Sven hat sich da nicht ganz klar ausgedrückt, und ich wollte nicht nachhaken, denn das wäre total uncool. Du weißt doch, dass die meisten Männer nichts so sehr hassen, wie gleich am Anfang in die Fragemangel genommen zu werden.«

»Unter Umständen verhindert diese Art von Fragen aber ein Fiasko«, entgegnete ich und fühlte mich zeitgleich unglaublich spießig und bieder. Aber ich hatte Angst davor, dass Nele wieder einmal verletzt werden würde. »Meinst du denn, er erwidert deine Gefühle, oder will er sich mit dir nur die Zeit auf Sylt vertreiben?«

»Ich habe keinen blassen Schimmer«, antwortete sie seufzend. »Die beiden letzten Nächte waren wundervoll, allerdings bin ich jetzt total übermüdet und deshalb auch voll von der Rolle. Mit Sven zusammen zu sein fühlt sich gut an, aber das habe ich ja leider schon häufiger gedacht, wenn ich einen Mann kennengelernt habe. Und sag jetzt bitte nicht, ich hätte es langsamer angehen lassen und nicht gleich mit ihm schlafen sollen. Er ist einfach so irre attraktiv und charmant und hat auch gar keine Anstalten in diese Richtung gemacht ...«

Aha. Daher wehte der Wind. Sven hatte nicht versucht, sie ins Bett zu bekommen wie die meisten Männer, und genau das hatte Nele wild gemacht. »Und weißt du, welcher Song mir jetzt die ganze Zeit im Kopf herumgeistert? Kennst du

Mädchen und Rabauken von Pohlmann?« Ich schüttelte den Kopf, und Nele begann zu singen: »Und was man nicht bekommt, das will man haben, selbst wenn man dabei sein Herz verliert …« Parallel suchte sie mit teigverklebten Fingern auf ihrem Smartphone nach dem Song, um ihn mir vorzuspielen.

»Ich möchte aber nicht, dass du dein Herz an jemanden verlierst, der womöglich nichts damit anfangen kann, weil er nicht frei ist oder gerade nicht offen für die Liebe«, entgegnete ich, während ich mal wieder das Schlimmste befürchtete. »Sven scheint gerade in einer Umbruchphase zu sein, und das könnte unter Umständen schlecht für dich ausgehen, wenn du nicht auf dich aufpasst«, fuhr ich fort, nachdem die letzten Töne des YouTube-Clips verklungen waren. »Hat er sich denn schon entschieden, ob er den Hof von Arfst übernehmen und hier auf Sylt sesshaft werden will?«

Mittlerweile hatten wir alle Popen ausgestochen und auf die Backbleche verteilt. Jetzt mussten die Kekse im vorgeheizten Ofen zwölf Minuten backen, dann waren sie fertig und wir konnten sie auf Kuchengitter legen, damit sie auskühlten.

»Genau das ist ja das Tolle an Sven«, entgegnete Nele schwärmerisch. Ihre Wangen glühten, die Augen glänzten mit den Kerzen um die Wette. »Er ist in diesen Dingen genauso ambivalent wie ich und hat mindestens so viel Angst davor, in festgefahrenen Strukturen stecken zu bleiben, wie ich. Endlich mal ein Mann, der versteht, wie ich mich fühle.«

Na toll, dachte ich. Das konnte ja heiter werden. Zwei, die sich nicht festlegen wollten, die Sylt zwar liebten, aber nicht hier leben wollten. Zwei flatterhafte Schmetterlinge. Andererseits paarten sich auch Schmetterlinge, wenngleich in einem vergleichsweise komplizierten Ritual, wie ich im

Biologieunterricht gelernt hatte: Die Balz startet mit einem Flug. Während dieses Fluges berühren sich die Flügel der beiden Schmetterlinge zeitgleich, oder das Weibchen berührt mit ihren Fühlern die Flügel des Männchens.

Nun blieb abzuwarten, ob Nele und Sven im Gleichklang flogen …

18.

Am nächsten Morgen erwachte ich von Blairwitchs Schnurren.

Neles Katze hatte sich zwischen Leon und mir zusammengerollt und fühlte sich in unserem Bett sichtlich wohl, obwohl sie normalerweise gar nicht hier reindurfte. Doch irgendwie hatte sie es scheinbar geschafft, sich ins Schlafzimmer zu schmuggeln, und nun dröhnte das Schnurren so laut in meinen Ohren, dass ich Blairwitch kurzerhand aus dem Zimmer beförderte.

»Wwassisssnlos?«, nuschelte Leon und rieb sich verschlafen die Augen. Seine Haare standen kreuz und quer vom Kopf ab, und er roch nach Zigaretten und Alkohol. Ich kippte das Fenster und ließ einen Schwall frische Winterluft herein, was dringend nötig war.

»Gar nichts, mein Schatz, ich habe nur Blairwitch rausgeschmissen, weil ihr Schnurren mich genervt hat.«

Leon grinste und setzte sich auf. »Kann es sein, dass ihr gestern Abend ein bisschen zu tief ins Glas geguckt habt? Ich kenne nämlich noch jemanden, den ich heute Nacht gern nach draußen befördert hätte … Wusstest du eigentlich, dass du schnarchst?«

Ich schnappte mir eines der grau-weiß gemusterten Kissen, die auf der Kommode am Fußende des Bettes lagen, und warf es nach Leon. »Schnarchen? Du spinnst wohl! Du hast mich garantiert mit Blairwitch verwechselt. Frechheit!«

Leon warf das Kissen zurück, und ich konnte gerade noch rechtzeitig in Deckung gehen, um es nicht ins Gesicht zu bekommen. Dann schleuderte ich es zurück, woraufhin Leon aus dem Bett sprang, mich schnappte und durchkitzelte.

Ich kreischte und kicherte, versuchte, mich zu wehren, und irgendwann lagen wir ineinander verkeilt im Bett und konnten gar nicht mehr aufhören zu lachen.

»Weißt du, dass du eine tolle Frau bist, Larissa?«, fragte Leon und küsste mich. »Und dass es schön ist, dich endlich mal wieder albern zu erleben. Erzähl mal, wie war's gestern Abend? Läuft da was zwischen Nele und diesem Sven?«

Ich schlug die Decke beiseite und stand auf. »Das erzähle ich dir, wenn du uns beiden einen Kaffee kochst, einen Toast schmierst und danach wieder zurück ins Bett kommst. Ich schaue inzwischen nach unserer Maus.«

Liuna-Marie war ebenfalls wach und gluckste fröhlich, als ich sie aus dem Bettchen nahm. Ich atmete den Duft ihrer Haut ein und dachte kurz daran, wie schön es wäre, noch einmal schwanger zu werden, damit Liuna-Marie kein Einzelkind blieb. Auch Leon würde sich freuen, das wusste ich. Vielleicht sollte ich beim Frühstück im Bett lieber darüber mit ihm sprechen als über Neles neueste Eskapade?!

Doch vorher musste ich unbedingt eine Kopfschmerztablette nehmen, da mir der gestrige Glühwein in der Tat nicht bekommen war, ganz wie Leon vermutet hatte. Anstatt etwas Sättigendes als Grundlage für den Alkohol zu essen, hatten wir beim Quatschen auf dem Sofa abwechselnd von den Plätzchen genascht, die ich am Nachmittag gebacken hatte, und dazu Erdnüsse und Pistazien geknabbert.

»Au Mann, hab ich einen Schädel«, stöhnte Leon, als er das Tablett mit zwei Bechern Kaffee und einem Teller mit Toasts ins Schlafzimmer balancierte und dann auf die Kommode vor dem Bett stellte. »Das war gestern echt ein bisschen heftig mit den Jungs. Blöderweise bin ich später noch auf die Idee gekommen zu rauchen, was ich mir besser hätte sparen sollen. Kann es sein, dass wir alt werden?«

Ich legte Liuna-Marie in unser Bett und kuschelte mich neben sie. »Manche von uns werden nächstes Jahr vierzig«, sagte ich grinsend. »Gut, dass ich nicht dazugehöre. Aber mir geht's grad nicht besser als dir. Der Glühwein war auch für mich ein bisschen zu viel – zumal es nicht bei einer Flasche geblieben ist. Aber sag mal, musst du nicht langsam mal in die Redaktion? Oder meldest du dich heute krank, weil es dir so schlechtgeht?«

»Gar keine blöde Idee«, antwortete Leon und verzog das Gesicht, als würde er Höllenqualen leiden. »Machst du bitte ein Foto von mir und schickst es meinem Chef?«

»Du vergisst, dass du der Chef bist«, entgegnete ich grinsend, schnappte mir aber trotzdem das Handy und knipste ein Foto von Leon, der Liuna-Marie mittlerweile auf den Schoß genommen hatte, ein absolut hinreißendes Bild. »Und weil du das bist, könntest du doch heute einfach mal blaumachen und mich bei der Dekoration des Weihnachtsbaums beraten. Ich kann mich einfach nicht entscheiden, in welchen Farben ich dieses Jahr schmücken will. Eher traditionell rot-grün oder etwas cooler in grau-silber? Blau-weiß?«

Leon fasste sich mit der einen Hand stöhnend an den Kopf und streichelte mit der anderen Liuna-Maries Köpfchen, was sie sehr liebte. »Du und deine Weihnachtsdeko. Was soll ich denn dazu sagen? Mach, worauf du Lust hast, aber denk dran: Wir brauchen nichts Neues, der halbe Keller steht voll von all dem Schnickschnack, den du in den letzten Jahren angesammelt hast. Sollten wir mal dringend Geld brauchen, müssen wir nur diesen ganzen Kram verkaufen und sind auf einen Schlag steinreich. Apropos Geld: So gern ich auch weiter mit euch hier herumturnen möchte, ich muss in die Redaktion. Aber bald haben wir ja gemeinsam frei. Dann haben wir alle Zeit der Welt.«

»Okay, okay, ich kaufe nichts Neues«, brummelte ich, denn Leon hatte recht. Es war jedes Jahr dasselbe. Ich brauchte an sich keine weitere Deko, ließ mich dann aber trotzdem von den Non-Book-Artikeln verführen, die wir für das Büchernest bestellten, oder schaute in Westerland *nur mal kurz* bei Depot oder in anderen Läden, die Wohnaccessoires führten, vorbei und war auch schon verloren.

Doch ab sofort war Sparen angesagt, also würde ich in der Tat gleich die Kisten im Keller inspizieren, sobald ich Liuna-Marie zu Anke gebracht hatte. Obwohl wir mit unseren Finanzen haushalten mussten, hatten wir beschlossen, die Kleine wie geplant bis zum dreiundzwanzigsten bei Anke zu lassen, da sie mit dem Geld rechnete und ich immer wieder im Büchernest nach dem Rechten schauen oder andere Dinge erledigen musste.

Eine Stunde später durchstöberte ich im Keller die Kartons mit den Weihnachtssachen und legte bei der Gelegenheit auch CDs mit Weihnachtsliedern zur Seite, die ich in den nächsten Tagen hören wollte. Ich liebte Sampler mit ihrem bunten Mix, und von Songs wie Bing Crosbys *White Christmas*, *Last Christmas* von Wham! oder *Driving Home for Christmas* von Chris Rea konnte ich nie genug bekommen. Neben den kleinen Stapel legte ich die Weihnachtsbücher, die ich über die Feiertage durchblättern wollte, darunter schöne Bildbände mit Dekoideen, Sachbücher über Weihnachtsrituale und Raunächte, aber auch der Roman *Das Weihnachtsglas* von Jason F. Wright. Dieses Buch gehörte, neben dem *Weihnachtshund* von Daniel Glattauer, zu meinen absoluten Lieblingen.

In diesem Roman ging es um die Tradition des Weihnachtsglases, genauer gesagt um ein Einmachglas, randvoll gefüllt mit Geldscheinen und Münzen, das der anonyme Spender Heiligabend an einem beliebigen Ort abstellte in der Hoffnung, dass sein Inhalt einem Menschen in Not helfen würde. Ich war sehr gerührt von der Geschichte, als mir ein Verlagsvertreter davon erzählt hatte, und empfahl es von da an jedes Jahr zu Weihnachten meinen Kunden. Dieses Jahr war der Titel mein Beitrag zum Julklapp gewesen.

Nachdem ich die Bücher, CDs und meine Lieblingsweihnachtsfilme auf DVD in einen leeren Karton geräumt hatte, um alles nach oben ins Wohnzimmer zu bringen, sammelte ich im Keller alles zusammen, was rot-weiß war, genau wie die Farben auf dem Cover des Romans, das ein rotes Herz mit Schleife und eine Engelsputte zierte. Damit war die Entscheidung bezüglich der Farbskala in diesem Jahr gefallen. Und ich brauchte wirklich nichts Neues mehr zu kaufen.

Wieder oben angekommen, kochte ich mir einen starken Friesentee und legte den Soundtrack zu *Tatsächlich … Liebe*, dem Film mit dem leider viel zu früh verstorbenen Alan Rickman, Emma Thompson und dem wunderbaren Liam Neeson, auf. Nele und ich waren schon verabredet, um den Film gemeinsam zu schauen, und ich freute mich sehr darauf.

Dann begann ich mit dem Dekorieren und hörte erst wieder damit auf, als es Zeit war, ins Büchernest zu gehen, um dort mit den Handwerkern zu sprechen.

»Und? Wie sieht's aus? Müssen wir die Decke im ersten Stock komplett erneuern?«, fragte Hinrich gerade, als ich um die Ecke bog, und schaute den Handwerkermeister fragend an.

Vero und Bea standen zusammen mit Adalbert daneben und machten ebenfalls gespannte Gesichter.

»Ich fürchte, ja«, antwortete Sören Harksen. »Das Problem ist, dass der Holzboden oben offenbar auch vorher schon ziemlich morsch und wurmstichig war. Mit dem hättet ihr ohnehin früher oder später Probleme bekommen. Aber nun haben das heiße Wasser und der dadurch entstandene Dampf dem Ganzen den Rest gegeben. Aus diesem Grund darf die Galerie im ersten Stock erst betreten werden, wenn alles renoviert wurde. Und das wird teuer. Unten ist – den Umständen entsprechend – alles so weit okay, die Wände und der Estrich unter dem ehemaligen Dielenboden sind jetzt trocken. Man könnte also die Bücher abholen lassen und …«

»… zumindest unten provisorisch wieder öffnen?«, fragte Vero hoffnungsvoll.

»Aber wie willst du das denn ohne Ware machen?«, widersprach Bea. »Schließlich ist jedes einzelne Buch von der Luftfeuchtigkeit aufgequollen und muss entsorgt werden.«

Mir wurde übel, als ich an die riesige Menge von Titeln dachte, die nun auf die Müllhalde wandern sollten. Die konnte man doch nicht einfach so wegwerfen!

»Nein, nein, wir sollten auf gar keinen Fall aus der Hüfte schießen und auf einer halben Baustelle wieder eröffnen«, sagte Bea resolut. »Sören, schick uns bitte so schnell wie möglich den Kostenvoranschlag, dann sehen wir weiter. Die gute Nachricht ist, dass die Räume wieder trocken sind und damit die Gefahr von Schimmel gebannt ist. Streichen und einen neuen Boden verlegen lassen, das kann noch warten. Vorher müssen wir eine endgültige Entscheidung darüber treffen, ob wir hier überhaupt noch mal neu durchstarten wollen und wenn ja, woher wir das Geld dafür bekommen.«

»Klare Worte, Bea, so kenne ich dich.« Sören Harksen gab jedem von uns nacheinander die Hand. »Ich würde auch sagen: Erst mal die Feiertage abwarten, 'n büschn zur Ruhe kommen und dann weitersehen. Alles Gute für euch.«

Mit diesen Worten ging er davon, und wir fünf blieben ratlos zurück.

»Was haltet ihr von einem Abstecher in die Kleine Teestube?«, fragte Adalbert. »Ich lade euch alle ein.«

Keine halbe Stunde später saßen wir bei Kuchen, frischen Waffeln und anderen Leckereien.

Dazu bestellten wir natürlich alle Tee.

Doch es wollte einfach keine gute Stimmung aufkommen, egal wie sehr wir uns darum bemühten, so zu tun, als sei *Abwarten und Tee trinken* die beste Möglichkeit, um mit der Situation umzugehen.

19.

»Kaum zu glauben, dass morgen schon Heiligabend ist«, sagte ich zu Nele, die neben mir auf dem Sofa saß und einen Becher Tote Tante trank. »Die letzten Tage sind wie im Flug vergangen, und ich kann dir gar nicht mehr so genau sagen, was ich eigentlich gemacht habe.«

»Du meinst, außer dich sorgen?«, fragte Nele und stellte ihre heiße Schokolade mit Rum auf dem Couchtisch ab.

Ich nickte und spielte unschlüssig mit der DVD herum, die wir gleich schauen wollten.

»Ja, blöd, ich weiß. Ich bemühe mich, ein bisschen locker zu lassen, aber ich kann einfach nicht abschalten. Wenn wenigstens klar wäre, dass wir das Büchernest aufgeben, dann könnte ich anfangen, mich damit auseinanderzusetzen, und mir einen neuen Job suchen. Aber solange alles in der Schwebe ist, macht mich die Situation echt fertig. Dabei sollte diese Zeit doch die schönste und besinnlichste im Jahr sein.«

Draußen war es schon lange dunkel, im Wohnzimmer war alles mit flackernden Kerzen erleuchtet und festlich dekoriert, bis auf die Nordmanntanne, die ich morgen gemeinsam mit Leon und Liuna-Marie schmücken würde.

Normalerweise liebte ich den Abend vor dem großen Fest,

denn dann war im Prinzip alles geschafft: Das Büchernest hatte seinen Umsatz gemacht, alles war für die Feiertage vorbereitet, ich hatte mir ein ausgiebiges Bad gegönnt und war beim Friseur gewesen. Leon verbrachte den Vorweihnachtsabend traditionell ohne mich mit seinen Eltern, bevor diese am vierundzwanzigsten verreisten, damit ich ein bisschen Zeit für mich allein hatte. Nach dem anstrengenden Weihnachtsgeschäft eine absolute Wohltat, da ich endlich tun und lassen konnte, wozu ich Lust hatte. Und sei es die Stunden zu nutzen, um in Ruhe letzte Kleinigkeiten zu erledigen oder Geschenke einzupacken.

»Vielleicht sollten wir gleich einen anderen Film schauen als *Tatsächlich … Liebe*«, wandte Nele ein. »Der ist schließlich streckenweise ganz schön traurig, und das ist momentan überhaupt nicht gut für dich. Wie wäre es stattdessen mit *Liebe braucht keine Ferien* mit Kate Winslet und Cameron Diaz? Ich liebe diese Wohnungs- und Lebenstausch-Geschichte.«

»Momentan würde ich auch gern das Leben eines anderen führen«, murmelte ich betrübt. »Und zwar das eines Menschen, für den Geld keine Rolle spielt. Dann würde ich das Büchernest komplett sanieren und neu einrichten. Und ich könnte es auch verschmerzen, wenn die Umsätze nicht mehr ganz so hoch sind. Stattdessen würde ich mich einfach darüber freuen, dass wir eine Begegnungsstätte für Menschen geschaffen haben, die Bücher lieben und sich gerne darüber austauschen. So eine Art literarischer Salon, wie es ihn früher gab.«

»Das klingt très bohème«, meinte Nele schmunzelnd. »Ich sehe dich schon in einem schwarzen Kleid, mit Federboa, langen Handschuhen aus Satin und einer Zigarettenspitze in der

Hand. Und ich sitze am Klavier und begleite deine Soireen musikalisch. Ups, da fällt mir gerade ein, ich kann ja gar nicht Klavier spielen.«

»An den Wänden hängen natürlich deine Bilder, und Bea wäre so etwas wie Gertrude Stein, die klug und eloquent mit Autoren und Künstlern plaudert und alle miteinander bekannt macht«, fabulierte ich weiter, und die Idee nahm in meinem Kopf immer mehr Gestalt an. »So ein bisschen wie bei *Midnight in Paris* von Woody Allen. Paula könnte den Part der Galeristin übernehmen …«

»… und Vero ist, wie immer, für das leibliche Wohl zuständig und serviert Häppchen, während wir uns die Köpfe über Literatur, Musik, Theater und bildende Kunst heiß reden«, vervollständigte Nele das phantasievolle Szenario. »Und vielleicht könnte ja Sven auch etwas dazu beitragen, obwohl ich ihn nicht gut genug kenne, um sagen zu können, über welche Talente er noch verfügt, außer …«

»Halt! Stopp! So genau will ich das gar nicht wissen«, unterbrach ich lachend ihre Ausführungen, die in den letzten Tagen immer wieder zum selben Punkt führten – einem totalen Schmachtanfall, mit Sven in der Hauptrolle. »Hat er sich denn nach eurem letzten Intermezzo noch mal gemeldet?«, fragte ich, weil Nele zurzeit emotionale Achterbahn fuhr. Mal wollte sie die ganze Welt umarmen, weil sie eine schöne Nacht mit Sven verbracht hatte, dann wiederum war sie enttäuscht, weil sie sich mehr von ihm erhoffte, als er zu geben bereit schien.

»Nein, natürlich habe ich nichts von ihm gehört«, antwortete Nele düster. »Wahrscheinlich bin ich nur sein Sylter Betthäschen und nichts weiter. Ich sollte also entweder cooler sein und alles mitnehmen, was geht, oder ihn in die Wüste schicken. Außerdem müsste er sich allmählich mal entscheiden, ob er den Hof nun übernehmen will oder nicht. Dann weiß ich nämlich endlich, woran ich bin.«

»Würdest du denn auf Sylt bleiben, wenn er sich entschließt, hier wieder sesshaft zu werden?«, wagte ich erneut einen Vorstoß. Mein Herz pochte vor Aufregung. Wie lange wünschte ich mir schon, Nele häufiger sehen zu können als in den vergangenen Jahren?

Wie sehr hatte mir ihre bloße Anwesenheit, ihre mitunter flapsige, leicht naive Art in den letzten Wochen Kraft gegeben und mich auf andere Gedanken gebracht!

»Wenn ich wüsste, wo ich wohnen kann, vielleicht schon«, murmelte sie und band sich ihre feuerroten Haare zu einem Knoten. »Auf Dauer ist Beas Pavillon nämlich keine Lösung. Ich brauche Platz für mein Atelier und Raum, um frei atmen zu können. Aber so, wie es auf der Insel momentan aussieht, ist es erstens utopisch, überhaupt etwas zu bekommen, und zweitens unbezahlbar. Und ich kann mir kaum vorstellen, dass Sven mir einen Antrag macht und anbietet, zu ihm auf den Reiterhof zu ziehen. Also sitzen wir beiden Hübschen momentan im selben Boot, das den schönen Namen *Abwarten und Tee trinken* trägt, auch wenn uns das überhaupt nicht passt.«

»Wenn du auf Sylt bleiben möchtest, finden wir schon einen Weg«, entgegnete ich, nicht bereit, schon im Vorfeld zu kapitulieren. »Leon und ich haben dieses Häuschen doch auch durch Beas Kontakte gefunden. Wenn es das Universum will, dann schenkt es dir auch etwas Passendes. Du musst es nur visualisieren und dir von ganzem Herzen wünschen.«

Wie aufs Stichwort schloss Nele die Augen, zog ihre Beine

an und verschränkte sie im Schneidersitz. Dann murmelte sie: »Liebes Universum, ich habe eine Bitte an dich. Ach nee, mehrere. Ich hoffe, ich muss mich nicht entscheiden, denn das wäre echt schwer für mich. Sind drei Wünsche zu viel, oder verkraftest du das?« Ich schmunzelte, weil Nele mit einem Mal so rührend kindlich wirkte. »Außerdem ist morgen Weihnachten, und da darf man sich was wünschen. Also, schenk bitte Lissy und Bea ein neues Büchernest – und mir Sven und eine tolle Unterkunft. Das wäre supertoll, danke.« Dann öffnete sie ihre grünen Augen wieder und strahlte mich an. »Na, was meinst du? Habe ich das Universum überzeugt, oder sollte ich ihm noch einen Kuchen backen? Was es wohl gern isst? Friesentorte oder Eierlikörpuffer?«

»Da es das Sylter Universum ist, bestimmt Friesentorte«, antwortete ich grinsend. »Also, lass uns anstoßen und darauf trinken, dass all unsere Wünsche wahr werden. Ich finde, wir haben es uns verdient.«

In diesem Moment hörte ich Liuna-Marie durchs Babyphone, offenbar war sie gerade wach geworden. »Moment, ich schaue mal eben nach der Kleinen, das klingt ja gar nicht gut. Bin gleich wieder da.«

Im Zimmer meiner Tochter angekommen, beugte ich mich über ihr Bettchen. Liuna-Marie hatte sich frei gestrampelt, ihr Kopf war hochrot. Ich befühlte ihre glühend heiße Stirn und ging dann ins Badezimmer, um ein Fieberthermometer zu holen. Kurz darauf rief ich Doktor Ingwersen an, da Liuna- Marie hohes Fieber hatte und kaum Luft bekam. Mittlerweile war auch Nele bei mir und wiegte die brüllende Kleine im Arm. Zum Glück erreichte ich den Arzt sofort. Er wollte innerhalb der nächsten Viertelstunde da sein.

»Deine süße Maus hat es leider erwischt«, diagnostizierte er, nachdem er sie gründlich untersucht hatte. »Ich hoffe, dass das Fieberzäpfchen ganz schnell hilft, genau wie die Nasensalbe, damit sie besser Luft bekommt. Und die Tropfen gegen die schmerzhafte Mittelohrentzündung. Wenn ihr morgen mit ihr spazieren geht, dann wirklich nur ganz kurz. Am besten wäre es eigentlich, wenn sie daheim in ihrem Bettchen bleibt und möglichst viel schläft. Aber mach dir keinen Kopf, Larissa, das wird schon wieder. Kinder erholen sich schnell. Meld dich einfach, wenn etwas sein sollte, gern auch nachts.« Mit diesen Worten verabschiedete sich der Hausarzt und wünschte uns noch einen schönen Abend.

»Heißt das, dass wir Weihnachten umplanen müssen?«, fragte Nele, während ich Liuna-Marie Tee gab, den sie gierig trank. »Wenn sie in ihrem Bettchen bleiben soll, können wir sie unmöglich mit zu Vero und Hinrich schleppen.«

»Stimmt, morgen ist ja Heiligabend, das habe ich jetzt echt kurz mal vergessen«, murmelte ich und streichelte das Köpfchen meiner Tochter. Sie so zart, klein und hilflos zu sehen zerriss mir beinahe das Herz. »Dann müssen Leon und ich eben alleine feiern, und du schließt dich den anderen an. Du kannst natürlich auch zu uns kommen, ganz wie du magst.«

Nele schien zu überlegen, denn sie zog die Nase kraus, wie immer, wenn sie nachdachte. »Oder wir verlegen die Party hierher. Was meinst du? Wenn du willst, rufe ich alle an.«

»Lass mich bitte erst mit Leon darüber reden«, antwortete ich, während es in meinem Kopf ratterte. Es wäre das erste Mal, dass wir Heiligabend nicht in Morsum feierten.

Andererseits: Was sprach dagegen, außer dass wir ein bisschen Arbeit hatten? Aber es packten ja eh alle mit an.

Nachdem ich Leon davon überzeugt hatte, dass er nicht sofort heimkommen musste, weil ich Liuna-Maries Grippe ganz gut im Griff hatte, und er unserer Idee zugestimmt hatte, begann Nele zu telefonieren. Keine halbe Stunde später war alles organisiert, und ich war wieder einmal glücklich darüber, wie sehr unser Zusammenhalt funktionierte. Olli würde noch ein paar Leckereien aus dem Samoa Seepferdchen mitbringen, und Vero war sofort bereit, das gesamte Weihnachtsmenü allein zu kochen. Hinrich und Adalbert kümmerten sich um die Getränke und Bea um den Nachtisch, Kastanienauflauf mit Beerenragout.

»Dann bin ich ja mal gespannt, was Bea da fabrizieren wird«, meinte Nele grinsend, nachdem sie mir erzählt hatte, wer welche Aufgabe übernahm. »Ich bleibe heute Nacht bei euch und kümmere mich morgen früh darum, das Haus auf Vordermann zu bringen, den Tisch zu decken und alles zu machen, was noch gemacht werden muss, um ein schönes Fest zu feiern.«

»Danke, du bist ein Schatz«, sagte ich und legte Liuna-Marie, die mittlerweile eingeschlafen war, behutsam zurück in ihr Bett. »Was hältst du davon, Arfst und Sven einzuladen? Die beiden würden doch gut in die Runde passen. Und auf zwei Gäste mehr kommt es nun auch nicht mehr an. Rücken wir eben alle ein bisschen zusammen. Ist eh viel gemütlicher.«

Nele stieß einen Juchzer aus, schlug sich aber mit Blick auf die schlafende Liuna-Marie erschrocken auf den Mund. »Echt? Das wäre okay für euch?«

Ich nickte und dachte insgeheim: Dann wollen wir doch mal sehen, ob wir dem Glück der beiden nicht auf die Sprünge helfen können.

20.

Die Nacht vor Heiligabend war grauenvoll.

Liuna-Marie hatte in einer Tour gebrüllt und kaum Schlaf abbekommen, genau wie ich.

Leon und ich hatten uns damit abgewechselt, unsere kleine Tochter zu trösten, ihr etwas vorzusingen oder sie durch die Wohnung zu tragen. Am meisten schienen ihr die Schmerzen, verursacht durch die Mittelohrentzündung, zuzusetzen. Ich konnte nur hoffen und beten, dass Doktor Ingwersens Prognose stimmte und sie ganz schnell wieder gesund wurde.

Während ich unter der Dusche stand und versuchte, wach zu werden, dachte ich wehmütig an das Weihnachtsfest im vergangenen Jahr. Liuna-Marie war quietschfidel gewesen, Bea hatte noch keinerlei Anzeichen von merkwürdigem Verhalten gezeigt. Die Umsätze des Büchernests waren zwar geringer ausgefallen als im Vorjahr, doch keiner von uns hatte sich deshalb wirklich Sorgen gemacht. *Das sind konjunkturbedingte Schwankungen*, hatte Bea gesagt und mit den Schultern gezuckt. *Das nächste Jahr läuft wieder besser, ihr werdet sehen.*

Doch nun standen wir vor den Trümmern unserer Existenz, Liuna-Marie war krank und ich mittlerweile mit den Nerven am Ende. Zu viel war in den letzten Wochen passiert. Wenn nicht bald Ruhe in unser aller Leben einkehrte, konnte ich nicht dafür garantieren, dass ich nicht auch irgendwann einmal schlappmachte. Hoffentlich klappte heute wenigstens alles mit der Feier!

Als ich fertig angezogen war, ging ich nach unten, wo es köstlich nach frisch gebrühtem Kaffee duftete.

Bevor ich mich aber zu Nele an den Küchentisch setzte, ging ich zu der Vase mit den Kirschzweigen im Wohnzimmer, die ich am Barbaratag in Beas Garten geschnitten hatte. Zu meiner großen Enttäuschung erblickte ich zwar zartrosa Knospen, doch sie waren fest verschlossen.

Auch das noch!

Dem Orakel nach stand denjenigen, die diese Zweige geschnitten hatten, ein gutes Jahr bevor, wenn diese an Heiligabend aufgeblüht waren. Im vergangenen Jahr waren ebenfalls keine Blüte zu sehen gewesen, doch das hatte daran gelegen, dass ich die Zweige ausnahmsweise in einem Blumenladen gekauft hatte. Wie Vero mir später sagte, sei das keine gute Idee gewesen, da die Floristen die Zweige immer Tage zuvor schnitten, damit diese pünktlich zum vierten Dezember in den Läden standen. Bis dahin waren die Knospen oft schon im Vorwege vertrocknet und konnten später gar nicht mehr erblühen.

Bevor ich Gefahr lief, noch mehr Trübsal zu blasen, ging ich zu Nele in die Küche, wo Leon gerade Tee für Liuna-Marie kochte. Ich sagte »Moin« und ließ mich seufzend auf meinen Stuhl gleiten. Nele schenkte mir gerade Kaffee ein, als ihr Handy klingelte, und verschüttete diesen prompt.

Zum Glück schwamm lediglich die Untertasse, die ich schnell mit einer Serviette trockentupfte, während Nele »Das ist ja phantastisch, dann sehen wir uns um achtzehn Uhr« flötete.

»Wir brauchen heute Abend zwei Gedecke mehr«, verkündete sie freudestrahlend, nachdem sie das Telefonat beendet hatte. »Sven und Arfst haben tatsächlich zugesagt und freuen sich sehr über unsere Einladung. Sie bringen Champagner mit und einen großen Topf Suppe, die wir nach der Kirche essen können, wenn wir noch Hunger haben.«

»Fein, dann kannst du ja jetzt wieder in normaler Tonlage mit uns sprechen«, erwiderte Leon grinsend. »Und wenn ich dir einen Tipp geben darf: Sei ein bisschen cooler. Wir Männer stehen auf Frauen, die schwer zu kriegen sind.«

Normalerweise hätte ich in diese Frotzelei mit eingestimmt, doch heute gelang es mir einfach nicht, gegen die tiefe Traurigkeit anzugehen, die meine Seele immer noch umklammert hielt. Ich war so müde, so gereizt und so deprimiert, dass ich am liebsten die Zeiger der Uhr vorgestellt hätte und erst wieder im neuen Jahr wach geworden wäre – vorausgesetzt es wurde nicht so furchtbar, wie ich es mir ausmalte, weil die Kirschzweige nicht aufgeblüht waren.

»Hey, Schatz, alles in Ordnung mit dir?«, fragte Leon und gab mir einen Kuss. »Du kannst dich auch gern wieder hinlegen, wenn du noch müde bist, Nele und ich haben hier alles im Griff.«

»Das würde ich ehrlich gesagt tatsächlich gern machen, vielleicht sieht die Welt dann später ein bisschen freundlicher aus. Ich habe ja noch nicht mal Appetit.«

Leon befühlte besorgt meine Stirn. »Ja, leg dich hin und ruh dich aus. Nicht dass du uns auch noch krank wirst.«

»Okay, überredet. Bis später also«, sagte ich, stand vom

Küchentisch auf und ging wieder nach oben. Ich hörte Nele Leon fragen, was sie heute Abend tun sollte, um Sven endgültig zu ködern, und hoffte insgeheim, dass die ganze Sache kein Reinfall wurde. Danach vergewisserte ich mich erneut, dass Liuna-Marie, deren Bett wir in unser Schlafzimmer gerollt hatten, schlief, und zog mir anschließend die Decke über die Ohren.

Als ich wieder aufwachte, war es bereits dunkel.

Erschrocken sah ich, dass es bereits vier Uhr war. Ich hatte geschlafen wie ein Murmeltier, meine Tochter ebenfalls, ein gutes Zeichen. Beglückt darüber, dass Liuna-Marie immer noch tief und fest schlummerte, ging ich nach unten, wo Leon und Nele gerade dabei waren, die Tannenbaumdeko zu sortieren. »Hallo, da bist du ja wieder«, sagte Leon und nahm mich in den Arm. »Ich hätte dich auch gleich geweckt, denn in zwei Stunden kommen unsere Gäste. Hat dir das Schlafen gutgetan?«

»Abgesehen davon, dass ich jetzt einen totalen Dröhnschädel habe, schon«, antwortete ich. »Ich glaube, ich drehe noch eine kleine Runde, um wieder zu mir zu kommen, wenn das für euch okay ist.«

»Sollen wir inzwischen den Tannenbaum schmücken oder lieber warten, bis du wieder da bist?«, fragte Nele.

Zu meinem Erstaunen fehlten mir sowohl der Antrieb als auch die Lust, mich jetzt kreativ auszutoben. »Macht das gerne, wenn ihr mögt, ich hab da grad keinen Nerv dazu. Bis gleich, ihr beiden.« Ich zog meine dicke Daunenjacke, Boots, Schal und Mütze an und machte mich dann auf den Weg.

Mir blieb nur noch wenig Zeit, um meine Laune wieder in

den Griff zu bekommen, und das gelang mir normalerweise am besten bei einem Wattspaziergang.

Immer noch ein wenig benommen, ging ich an den Häusern vorbei, in deren Fenstern Jöölbäume und Lichterpyramiden standen oder die mit Leuchtgirlanden geschmückt waren.

Stille Vorfreude auf das nahende Fest lag über Keitum, außer mir war keine Menschenseele unterwegs, ein magischer Moment an einem magischen Tag. Obwohl ich es eigentlich anders geplant hatte, verspürte ich plötzlich den Wunsch, noch einmal beim Büchernest vorbeizuschauen, den Schlüssel hatte ich zum Glück dabei.

Die Auslagen waren immer noch mit Packpapier verhängt, damit keiner in das Innere des Ladencafés schauen konnte. In den Fenstern und an Tür hingen Schilder mit dem Hinweis *Wegen Renovierungsarbeiten auf unbestimmte Zeit geschlossen*.

Mit zitternden Händen öffnete ich die Tür und knipste das Licht an. Die Buchhandlung wirkte wie eine traurige, leere Hülle, da der ehemalige Dielenboden nur noch aus Estrich bestand und sowohl die Regale als auch die Bücher in den Keller gebracht worden waren. Ich ging hinunter, um meinen Lieblingen, die in Kartons verpackt waren, einen letzten Besuch abzustatten. Nach kurzem Zögern öffnete ich eine Kiste und fuhr mit den Fingern zärtlich über die Rücken der Titel, die durch die Feuchtigkeit aufgequollen waren. Es fühlte sich an, als streichelte ich einen geliebten Menschen, der schwer erkrankt war.

»Es tut mir so leid«, flüsterte ich, während sich meine Kehle zusammenschnürte. Unzählige Bücher waren dem Wasserschaden zum Opfer gefallen, jedes einzelne von ihnen lag mir am Herzen. Ich hatte mir vom Verlagsvertreter seine

Geschichte erzählen lassen, es zusammen mit Bea ausgewählt, es bestellt, registriert und persönlich an seinen Platz ins Regal gestellt. Ich hatte es abgestaubt, wenn es länger keinen Käufer gefunden hatte, hatte es auf Tischen präsentiert, um es ganz besonders herauszustellen, oder im Kundengespräch empfohlen.

Mit einem Mal verlor ich die Kontrolle und begann, hemmungslos zu weinen.

All die Tränen, die ich in den vergangenen Wochen unterdrückt hatte, all die Gefühle, die ich beiseitegeschoben hatte, all die aufgestauten Ängste und zerstörten Hoffnungen bahnten sich nun ungehindert ihren Weg. Weil mir die Beine wegzusacken drohten, setzte ich mich auf einen der verschlossenen Kartons und ließ meinem Kummer endlich freien Lauf. Keine Ahnung, wie lange ich so dagesessen und ein Taschentuch nach dem anderen verbraucht hatte, doch auf einmal spürte ich eine warme Hand auf der Schulter, jemand strich mir zärtlich durchs Haar.

»Es wird alles wieder gut, versprochen. Wir halten zusammen, egal was kommt. Ich bin immer für dich da.«

Ich drehte mich um und blickte verwundert in die grünen Augen von Nele.

Nele, meine beste Freundin, die ich genau an diesem Ort vor vielen Jahren kennengelernt hatte.

»Was wollen Sie hier, können Sie nicht lesen?«, hatte sie mich angeblafft, als ich in ihr damaliges Café Möwennest gestürmt war, weil sie so laut Musik gehört hatte, dass mir beinahe die Ohren abfielen. »Tussi« hatte sie mich damals genannt, und ich hatte sie innerlich als *Zimtzicke* bezeichnet. Kaum zu glauben, dass dieser Moment der Beginn einer wunderbaren Freundschaft gewesen war, der schönsten, die ich je hatte.

»Nele, was machst du denn hier?«, fragte ich und wollte mir erneut die Nase putzen. Doch die Packung mit den Taschentüchern war alle.

»Ich bin dir nachgegangen, weil ich so ein komisches Gefühl hatte«, antwortete Nele und reichte mir ein Tempo. »Und da du nicht von innen abgeschlossen hast, konnte ich rein. Ach Süße, was machen wir denn bloß mit dir? Ich würde dir so gerne helfen, aber ich weiß nicht, wie.«

»Ich habe gerade beschlossen, Bea nach den Feiertagen zu sagen, dass es aus meiner Sicht keinen Sinn macht, das Büchernest neu zu eröffnen. Erstens weiß ich immer noch nicht, woher wir das Geld dafür nehmen sollen, es sei denn, Adalbert verkauft sein Haus, was er nur im äußersten Notfall tun sollte. Und zweitens hat sich die Situation des stationären Buchhandels von Jahr zu Jahr verschlechtert.« Ich schneuzte mich noch einmal. Dann sah ich Nele fest in die Augen. »Ich werde mir einen Job suchen und mich wieder auf mein Familienleben konzentrieren. Meine Ehe ist viel zu kurz gekommen, seit Liuna-Marie auf der Welt ist und ich zusätzlich noch arbeite.«

Nele wiegte sachte den Kopf. »Meinst du nicht, dass du momentan einfach erschöpft bist und die Dinge deshalb so schwarz siehst? Du bist übermüdet, deine Kleine ist krank, und natürlich stecken dir die Sorge um Bea und der Schock mit dem Wasserschaden immer noch in den Knochen. Steig mal ein paar Tage aus dem ewigen Gedankenkarussell aus, genieß die Feiertage, geh spazieren und in die Sauna, und du wirst sehen, dass die Welt zum Jahresende sehr viel besser aussieht. Wenn du genug Kraft getankt hast, kannst du auch wieder die Welt aus den Angeln heben. Ich kenne dich doch, du bist ein Stehaufmännchen.« Sie boxte mir liebevoll gegen den Arm. »So, und jetzt müssen wir los. Oder willst du etwa so verheult und in diesen Klamotten unterm Weihnachtsbaum sitzen?«

Nele reichte mir die Hand und zog mich von dem Karton hoch. So schwer es mir auch fiel, mich aus meiner Starre zu lösen, so dankbar war ich Nele dafür, dass sie mich antrieb.

Sie hatte recht, es war halb sechs, und mir blieben nur noch wenige Minuten, um mich hübsch anzuziehen, mir das Gesicht zu waschen und mich zu schminken.

Aufstehen, Krone richten!

Diesen Spruch hatte ich schon so oft auf den Postkarten gelesen, die wir im Büchernest verkauften. Nun war es an der Zeit, mich selbst daran zu halten.

21.

»Moin, Lissy, hübsch siehst du aus«, sagte Adalbert, der Punkt achtzehn Uhr zusammen mit Bea vor der Tür stand. »Dieses Kleid steht dir ausgesprochen gut, ist das neu?«

»Das ist Larissas Vor-Weihnachtsgeschenk«, erklärte meine Großtante mit Stolz in der Stimme. »Eigentlich hätte sie es später hübsch verpackt unterm Baum vorfinden sollen, aber ich habe mir gedacht, warum so lange warten, wenn sie es doch schon zum Fest tragen kann. Also habe ich es ihr neulich schon gegeben.«

»Eine sehr gute Idee«, stimmte Leon zu, der Bea und Adalbert die Mäntel abnahm. Keine zwei Sekunden später trafen Vero und Hinrich ein, gefolgt von Arfst und Sven. Kurz darauf kam dann auch Olli mit breitem Lächeln im Gesicht und etlichen Delikatessen auf einer silbernen Platte, die er aus dem Samoa Seepferdchen mitgebracht hatte.

Während Nele, die vollkommen aufgedreht war, sich um Sven und seinen Großvater kümmerte, ging ich mit Vero und Olli in die Küche, wo Vero sofort begann, mit Töpfen und Pfannen zu hantieren.

»Na, was strahlst du so?«, fragte ich, weil Olli auffallend gut gelaunt wirkte. Er war zwar generell ein Sonnyboy, aber heute freute ihn etwas ganz besonders, das konnte ich sehen.

»Ich habe am Vormittag beim Einkaufen einen echt heißen Typen wiedergetroffen, den ich die letzten drei Abende schon im Samoa bedient habe«, antwortete Olli mit verklärtem Blick. »Er war immer alleine da und hat sich jedes Mal in den Bereich setzen lassen, in dem ich kellnere. Und heute habe ich ihn zufällig bei Edeka getroffen, ist das zu fassen?«

»Und? Habt ihr euch unterhalten?«, fragte ich neugierig. Wie lange wünschte ich mir schon, dass Olli endlich den Mann seiner Träume fand. »Seht ihr euch wieder?«

»Ich habe tatsächlich all meinen Mut zusammengenommen und ihn angesprochen, als ich ihn beim Weinregal gesehen habe. Er heißt Jörg und ist aus Hamburg. Wohnt dort in der Langen Reihe, wenn du verstehst, was ich meine …«

Es dauerte einen Augenblick, bis ich Ollis Anspielung verstand. Im Hamburger Stadtteil St. Georg wohnten viele Homosexuelle, also standen die Chancen gut, dass dieser Jörg an Männern interessiert war.

»Leider fährt er am zweiten Feiertag zu seiner Familie nach Düsseldorf, aber er bleibt noch bis morgen Nachmittag auf der Insel.«

»Na dann, nichts wie ran an den Speck«, sagte Vero, die unsere Unterhaltung aufmerksam verfolgt hatte, während sie das Dressing für den Feldsalat zubereitete. »Schnapp dir den Mann. Hast du seine Telefonnummer?«

»Ja, habe ich.« Olli wirkte aber mit einem Mal ein wenig verlegen. »Er hat sie mir gegeben, weil er gern Ausgehtipps für heute Abend hätte. Nachdem er für sich alleine gefeiert hat, möchte er nämlich noch in eine Bar.«

»Also, wenn das keine Aufforderung zu einem Date ist, dann weiß ich auch nicht«, sagte Vero, die nun begann, den Salat zu waschen. »Aber hat denn heute Abend überhaupt irgendetwas geöffnet? Frag ihn doch sonst, ob er hierherkommen möchte, auf eine Person mehr oder weniger kommt es jetzt auch nicht mehr an, oder, Lissy?« Ich schüttelte den Kopf. »Dank Arfst und Sven gibt es sogar Champagner. Die beiden haben wohl etwas zu feiern und möchten uns später den Grund dafür erzählen, wie ich vorhin im Vorbeigehen mitbekommen habe.«

»Soso, du hast also gelauscht?«, neckte Olli Vero und half ihr dann, den Feldsalat von seinen Wurzeln zu befreien, während ich Äpfel schälte und sie in Spalten zerteilte, die nachher zusammen mit Walnüssen, Sylter Ziegenkäse und Granatapfelkernen auf den Salat kamen.

»Sagen wir es mal so: Ich behalte die Dinge um mich herum gern im Blick«, entgegnete Vero ungerührt, während Olli seine Tätigkeit kurz unterbrach und in den Flur ging, um zu telefonieren. Eine halbe Stunde später begannen wir mit der Vorspeise des Weihnachtsmenüs sowie diversen Antipasti aus dem Samoa Seepferdchen. Ich hatte allerdings weder Appetit noch war ich in feierlicher Stimmung, obwohl unser Wohnzimmer festlich dekoriert und von Kerzen erleuchtet war. Allerdings gab ich mir Mühe, das vor unseren Gästen so gut wie möglich zu verbergen. Schließlich reichte es, wenn einer von uns Trübsal blies.

»Sag mal, Arfst, was gibt es denn Neues in Sachen Reiterhof?«, fragte Bea und schaute Svens Großvater neugierig an. »Ihr wolltet doch irgendetwas feiern.« Auch Nele blickte von ihrem Essen auf; ich konnte förmlich spüren, wie es in ihr rumorte.

»Sven und ich sind uns einig, wir werden den Hof zu einem Heuhotel umbauen«, antwortete Arfst. »Die Reitpferde verkaufen wir an das Nachbargestüt und behalten nur noch zwei Ponys …«

»… um die sich dann jemand kümmern wird, der nicht allergisch gegen Pferde ist«, ergänzte Sven und blickte Nele dabei unverwandt an.

»Meinst du mit *jemand* etwa mich?«, fragte sie und legte das Besteck beiseite. »Nee, nee, da muss ich leider passen. Ich bin keine Pferde-Lady. Und außerdem weiß ich auch noch gar nicht, wie lange ich auf Sylt bleiben werde, im Gegensatz zu dir. Gibst du denn dann deinen Job in Hamburg auf?«

»Da ich das Gefühl habe, dass es allmählich Zeit ist, etwas in meinem Leben zu ändern, habe ich in der Firma gekündigt, mir allerdings die Option vorbehalten, freie Jobs für das Unternehmen zu übernehmen, gerade in den Wintermonaten, wenn auf Sylt nicht so viel los ist«, antwortete Sven.

»Dann lasst uns doch auf diese schöne Neuigkeit anstoßen«, sagte Bea und lächelte strahlend in die Runde. »Ich freue mich wirklich sehr, dass der Hof in seiner Struktur erhalten bleibt und auf dem Grund und Boden keine weiteren neuen Ferienhäuser gebaut werden. Auf die Familie und den familiären Zusammenhalt!« Sie erhob ihr Glas. »Es gibt nichts Schöneres und Wichtigeres.«

Nachdem wir einander alle zugeprostet hatten, servierten Vero und Olli den Hauptgang, Zander auf Weinkraut und getrüffeltes Kartoffelpüree. Alle unterhielten sich lebhaft, selbst meine Stimmung besserte sich etwas, nur Sven und Nele waren auffallend ruhig.

War es von Nele wirklich geschickt gewesen, zu sagen, sie wisse nicht, wie lange sie auf Sylt bleiben würde?

Nachdem auch das Dessert, Beas ausgesprochen köstlicher Kastanienauflauf mit Beerenragout, aufgegessen war, stand die Bescherung auf dem Plan. Da wir uns alle nur Kleinigkeiten schenkten und lediglich Liuna-Marie, der es zum Glück inzwischen wieder besserging, etwas Größeres bekam, waren wir pünktlich zum späten Gottesdienst damit fertig.

»Oh weh, ich habe eindeutig zu viel gegessen«, stöhnte Hinrich, als wir beide das schmutzige Geschirr in die Spülmaschine räumten. »Wie gut, dass wir noch einen kleinen Fußmarsch bis zur St.-Severin-Kirche vor uns haben.«

»Ja, das stimmt, denn ich hatte eindeutig ein Glas Champagner zu viel«, murmelte Adalbert, der zu uns gestoßen war, und fasste sich an den Kopf. »Also nichts wie raus an die frische Luft.«

Nachdem wir uns alle warm angezogen hatten, verabschiedete ich mich von Olli, der sich bereit erklärt hatte, auf Liuna-Marie aufzupassen, während wir alle in der Kirche waren.

Im Eingang von St. Severin verteilte ein Mädchen Steine und selbst gebastelte Sterne an jeden Besucher. Ich wunderte mich zwar, nahm jedoch – genau wie alle anderen – beides in Empfang. Nachdem der Gottesdienst begonnen hatte, folgte die Erklärung für die kleinen Geschenke.

Die Steine symbolisierten das Schwere, die Probleme und Sorgen des vergangenen Jahres. Der Stern stand für das Helle und Leuchtende, das jedem von uns widerfahren war.

»Denken Sie in den nächsten Minuten in aller Stille darüber nach, für welche Geschenke Gottes Sie in diesem Jahr dankbar sind und bei welchen Themen Sie ihn um Hilfe bitten möchten«, sagte der Pastor.

Während die Organistin zu spielen begann, hatte die Gemeinde Zeit, innezuhalten und das Jahr Revue passieren zu lassen. Auch wenn ich vorhin noch das Gefühl gehabt hatte, vom Pech verfolgt zu sein, gab es doch so viel Schönes und Gutes in meinem Leben, das Gott mir geschenkt hatte und wofür ich unendlich dankbar war: Geborgenheit innerhalb meiner Familie, eine glückliche Ehe, ein wundervolles Kind, eine tolle Freundin, das Leben auf dieser traumhaften Insel, einen Beruf, der mich erfüllte, Gesundheit. In diesem Moment wurde mir warm ums Herz, und mein Kummer wegen des Büchernests wog nicht mehr ganz so schwer.

Ich war glücklich über die Zeit, die ich in diesem wundervollen Buchcafé verbringen durfte, doch nun musste ich endlich nach vorne schauen und mit Bea sprechen, auch wenn es mir noch so schwerfiel.

»Wenn Sie mögen, können Sie die Steine und die Sterne hier bei uns in der Kirche lassen«, sagte der Pastor, nachdem die Gemeinde zum Abschluss *Oh du fröhliche* gesungen hatte. »Aber natürlich steht es Ihnen auch frei, beides mitzunehmen.«

Ich beobachtete, wie einige ihre Steine auf einen Tisch neben den Altar legten, so auch Bea, Vero, Adalbert und Arfst.

»Ich nehme den hübschen Stern mit, denn er soll mir im neuen Jahr Glück bringen«, murmelte Nele, die neben Sven saß.

Meine Hand umschloss den glatten, kühlen Stein, den die Nordsee blank poliert hatte. Ich würde ihn auf alle Fälle behalten, denn meine Sorgen und Nöte gehörten genauso zu meinem Leben wie das Glück.

Nachdem wir Bekannten, Nachbarn aus Keitum und anderen Gemeindemitgliedern frohe Weihnachten gewünscht hatten, traten wir aus der Kirche, wo wir neben Rieke und ihrer Familie auch auf Eycke, Inken und Tinka trafen. Alle erkundigten sich nach dem neuesten Stand in Sachen Büchernest und wünschten uns frohe Festtage. Ich war erleichtert zu hören, dass sowohl Tinka als auch Rieke sich in der Buchhandlung Klaumann bestens aufgehoben fühlten und es beiden gutging.

»Seht mal, es schneit!«, sagte Sven begeistert, nachdem wir uns verabschiedet hatten. »Sieht das nicht wunderschön aus?«

»Ja, das tut es«, murmelte ich und drückte Neles Hand. »Sylt trägt wieder Weiß, die Farbe des Neubeginns.«

Während des Heimwegs beobachtete ich, wie die zarten Flocken im Licht der Straßenlaternen hin und her tanzten, bevor sie sich schließlich auf dem Boden niederließen. Einige von ihnen zogen meine Nase als Landeplatz vor, und ich genoss es, den eiskalten Schnee auf meiner Haut zu spüren.

Mir kamen die ersten beiden Zeilen eines Weihnachtsgedichts von Rainer Maria Rilke in den Sinn: *Es gibt so wunderweiße Nächte, drin alle Dinge Silber sind …*

Liuna-Marie würde sich freuen, wenn sie endlich wieder Schlitten fahren konnte, das wusste ich genau.

Und auch ich freute mich auf schöne, entspannte Spaziergänge mit meinem Mann und Nele.

»Na, mein Schatz, alles gut bei dir?«, fragte Leon und hakte sich bei mir unter, während Nele zu Sven ging, der ein wenig verloren wirkte. Für ihn würde sich im kommenden Jahr einiges ändern, und ich fand es beeindruckend, dass er den Mut gefunden hatte, einen so sicheren und gut bezahlten Job zu kündigen, um auf Sylt noch einmal ganz von vorne zu beginnen.

»Ja, alles bestens«, flüsterte ich. »Alles ist gut, solange ich nur euch habe. Ich liebe dich, weißt du das?«

Leon blieb stehen und schaute mir fest in die Augen. »Ja, das weiß ich, und ich bin sehr glücklich darüber. Ich liebe dich auch und bin dem Schicksal, oder dem lieben Gott, jeden Tag dankbar dafür, dass er dich hierher nach Sylt gebracht hat – zu mir.«

Danach gab er mir einen langen, zärtlichen Kuss, den ich erwiderte, und erst als mir bewusst wurde, dass wir nicht allein waren, löste ich mich wieder von ihm.

»Schaut mal, was ist das denn?«, fragte Bea, als wir daheim angekommen waren, und deutete auf eine bauchige Teekanne mit friesischem Muster, die auf der Fußmatte vor unserer Haustür stand. Neugierig hob Bea sie auf und öffnete den Deckel. Dann zog sie einen Schlüsselbund heraus sowie einen verschlossenen Umschlag und einen Zettel. Ich fiel beinahe in Ohnmacht, als ich las, was darauf stand:

Willkommen im neuen Büchernest und frohe Weihnachten.

22.

Dies ist der Schlüssel zu Haus Nummer 118 in der Süderstraße. Das Anwesen kann sowohl zur Unterbringung des Büchernests als auch als Wohnung für jemanden genutzt werden, der eine Bleibe auf Sylt braucht. Der beiliegende Blankoscheck soll dazu dienen, den Wiederaufbau des Büchernests zu finanzieren, damit diese wichtige Sylter Institution erhalten bleibt. Die Rückzahlung des zeitlich unbefristeten Darlehens kann in kleinen Raten an die unten stehende Kontonummer vorgenommen werden. Das Haus ist wieder freizugeben, sobald sich die Dinge im Büchernest geregelt haben und derjenige, der eine Wohnung braucht, ein neues Zuhause gefunden hat.

Frügelk Jööl en en lekelk nii Jaar

Bea ließ den Brief sinken und putzte sich die Nase. »Es steht kein Absender auf dem Umschlag. Ist das nicht verrückt?«

»Das ist ja wie in dem Roman *Das Weihnachtsglas*«, murmelte ich und hielt Leons Hand umklammert. Wir saßen alle auf dem Sofa, auf Sesseln und Stühlen verteilt, um den Zeilen des anonymen Weihnachtsengels zu lauschen, der unsere Sorgen und Nöte äußerst gut kannte.

»Sag mal, ist das nicht das Haus, an dem wir neulich auf dem Weg zu Sven vorbeigekommen sind?«, fragte Nele. »Du weißt schon, das eine, das leer steht.«

Ich ließ im Geiste unseren Spaziergang Revue passieren, gab dann im Smartphone die Adresse ein, und siehe da, es stimmte. Schauer überzogen meinen Körper. Wenn es wahr war, was der anonyme Absender des Geschenks uns anbot, wären all unsere Probleme auf einen Schlag gelöst.

»Das ist es, in der Tat«, sagte ich leise, während ich immer noch ungläubig auf das Display starrte. »Es hätte die perfekte Größe, um dort unsere Kunden zu bedienen, solange das Büchernest renoviert wird. Und du, Nele, könntest darin wohnen, solange du auf der Insel bist. Platz für ein Atelier ist da hundertprozentig. Mann, das wäre ja alles wirklich zu schön, um wahr zu sein.«

»Kannst du mal bitte versuchen, im Internet etwas über die Eigentümerverhältnisse des Hauses herauszufinden?«, fragte Hinrich. »Nicht dass wir hier einem makabren Scherz eines Spinners aufsitzen und uns umsonst freuen.«

Adalbert räusperte sich. »Aber wer sollte denn so etwas Fürchterliches tun?«, fragte er entsetzt. »Nein, das glaube ich nicht. Hier hat jemand, der uns und unsere Situation sehr gut kennt, ein Weihnachtswunder geschehen lassen.«

Das Wort *Weihnachtswunder* hing bedeutungsvoll im Raum, und ich hielt den Atem an. Ich schaute in das Licht der zahllosen kleinen Birnen an unserem Weihnachtsbaum und hörte das Knistern des Kaminfeuers, das Olli angezündet hatte, während wir in der Kirche gewesen waren.

Draußen schneite es wie verrückt, und – ich traute meinen Augen kaum, als ich dies sah – in der Vase waren im Laufe der vergangenen zwei Stunden alle Knospen der Barbarazweige rosarot erblüht. Ein gutes, nahezu märchenhaftes Omen für ein hoffentlich wundervolles neues Jahr.

»Das ist bestimmt das Werk von Ineke«, murmelte Bea ergriffen. »Ich hatte sie für den heutigen Abend zu uns eingeladen, aber sie wollte lieber alleine sein und etwas Wichtiges erledigen.« Meine Großtante schüttelte den Kopf und schien in Gedanken weit, weit weg zu sein. »Das ist nun schon das zweite Mal, dass sie uns in einem wichtigen Moment zur Seite steht.«

Mir fielen die Worte ein, die Ineke anlässlich des Julklapps geäußert hatte. Ich wirke lieber im Stillen für die Insel, hatte die alte Dame sinngemäß gesagt. Eine Institution wie das Büchernest war in ihren Augen sicher eine erhaltenswerte Sache, das konnte ich mir bestens vorstellen. Und wer weiß, vielleicht nutzte sie das Haus in der Süderstraße schon seit Jahren ohne unser Wissen für ähnlich gute Zwecke. Außerdem war sie diejenige gewesen, die beim Wichteln *Das Weihnachtsglas* bekommen hatte.

»Mal eine ganz andere Frage«, meldete sich nun auch Vero zu Wort. »Brauchen wir das Haus denn überhaupt als Ausweichquartier, wenn wir diesen Kredit für die Renovierung und die Anschaffung neuer Ware haben können?«

Ich überlegte einen Moment, ehe ich antwortete. »Das wäre schon ganz sinnvoll, alleine um das Darlehen so klein wie möglich zu halten«, sagte ich dann. »Wir könnten auf diese Weise Umsatz machen, während das Büchernest wieder fit gemacht wird. Ich habe in den letzten Tagen viel darüber nachgedacht, was wir strukturell verändern könnten für den Fall, dass wir neu eröffnen. Vielleicht ist dieser Schnitt ja der Startschuss für eine ganz neue Ära.«

»Du meinst so eine Art Büchernest 2.0?«, fragte Arfst, der die ganze Zeit gebannt unserem Gespräch gelauscht hatte.

»Wohl eher 3.0, denn die ursprüngliche Version bestand ja aus zwei getrennten Unternehmen«, verbesserte Sven seinen Großvater. »Damals gab es das Möwennest, das von Nele geführt wurde, und Beas Bücherkoje.« Er warf mir einen fragenden Blick zu. »Was haltet ihr davon, wenn wir uns in den kommenden Tagen mal ganz in Ruhe zusammensetzen und gemeinsam überlegen, ob uns nicht etwas einfällt, wie wir beide Unternehmen, also unseren Hof und das Buchcafé, neu aufstellen können?«

»Macht doch ein Kulturhotel aus dem Hof anstelle der Heuherberge«, platzte es aus Nele heraus. »Lissy und ich haben neulich schon mal ein bisschen herumgesponnen und uns ausgemalt, wie es wäre, wenn man die schöne Tradition des klassischen Salons wieder aufleben lassen würde. Es wäre doch toll, eine Begegnungsstätte auf Sylt zu schaffen, wo sich Menschen über Kunst, Musik, Literatur, Theater und anderes austauschen könnten. Man könnte dort Lesungen veranstalten, Ausstellungen, Konzerte …«

Eine Weile war es still im Raum, nur leises Maunzen war zu hören. »Blairwitch findet die Idee schon mal gut«, sagte Nele lachend und streichelte ihre Katze, während ihr Vorschlag in meinem Kopf rotierte.

»Und ich mag sie auch«, antwortete Arfst zu meiner großen Überraschung. »Sven, was sagst du dazu? Könntest du dir vorstellen, die Welt der schönen Künste bei uns zu beherbergen anstatt unzählige Ballen Stroh?«

»Ich finde den Gedanken auch reizvoll, und ehrlich gesagt liegt diese Variante mir persönlich mehr als das Heuhotel«, gestand Sven. »Allerdings unter einer Voraussetzung.« Ich hielt gespannt den Atem an, als ich das Funkeln in seinen Augen sah. »Nele bleibt hier auf Sylt und hilft uns, wenn es um Ausstellungen geht.«

Nele wurde feuerrot. Dann antwortete sie mit leicht brüchiger Stimme: »Jetzt, wo ich ein neues Heim in Inekes Haus gefunden habe, sieht die ganze Geschichte natürlich vollkommen anders aus.« Und als würde ihr die Tragweite der Situation erst in diesem Moment bewusst, breitete sich ein verschämtes Lächeln auf ihren Lippen aus. »Sag mal, Arfst, ist noch was von dem Champagner übrig? Ich finde, darauf sollten wir trinken! Hey, Leute, wer hätte das gedacht? Ich bleibe auf Sylt.«

Meine Augen wanderten zu Bea, die die ganze Zeit still dagesessen und kein Wort gesagt hatte, genau wie Vero. Natürlich musste sie dem Ganzen nicht zustimmen, schließlich hatte sie nichts mit dem Hotel zu tun, aber es wäre mir lieber gewesen, sie hätte sich an der Diskussion beteiligt.

»Leute, ich finde euren Plan grandios«, meldete sich nun auch Olli zu Wort, der zuvor ununterbrochen WhatsApp-Nachrichten auf dem Handy getippt hatte. »Aber ich werde ein anderes Mal mit euch darauf anstoßen, denn ich muss jetzt los, weil ich mich mit Jörg treffe. Also, meine Süßen, macht's gut, ich bin gespannt, was ihr heute Nacht noch so alles ausbrütet.«

Nachdem Olli Luftküsschen in die Runde verteilt und wir ihm alle viel Spaß gewünscht hatten, ruhten alle Augen auf Bea und Vero, die beide angestrengt nachzudenken schienen.

Vero meldete sich als Erste zu Wort. »Ich biete mich hiermit gerne als Köchin an, wenn ihr im Hotel besondere

Essensangebote plant, wie zum Beispiel ein Krimi- oder Meeres-Dinner. Außerdem könnten wir als Büchernest bei Events dieser Art auch die passenden Bücher verkaufen. Seien wir doch mal ehrlich: Simple Lesungen hauen heutzutage kaum mehr jemanden vom Hocker. Wenn man aber spezielle Themenabende anbietet und womöglich sogar noch mit passender Musik untermalt, kommen die Leute garantiert!«

Bea nickte zustimmend, doch etwas anderes schien sie weit mehr zu beschäftigen als die Planung literarischer Menüs. »Arfst, glaubst du, es wäre möglich, mit dem Umbau des Hotels noch zu warten, bis Biike ist? Ich habe nämlich gerade überlegt, dass der 21. Februar das perfekte Datum wäre, um Adalbert zu heiraten. Dann könnten wir zum einen bei euch feiern und zum anderen alle Gäste bei euch unterbringen. Was meint ihr?«

Arfst und Sven wechselten bedeutungsvolle Blicke.

Vero stieß einen verzückten Schrei aus. »Echt? Ihr wollt zum Biikebrennen heiraten? Was für eine wundervolle Idee! Und damit stehen auch schon das Essen und die Getränke fest: Grünkohl mit Kohlwurst und danach jede Menge Friesengeist.«

Adalbert schmunzelte und gab Bea einen Kuss. »Wenn wir eines haben, dann ist es jede Menge Friesengeist. Und das ist auch gut so! Also, fröhliche Weihnachten, meine Lieben. Lasst uns auf ein grandioses neues Jahr voller Überraschungen anstoßen«, sagte er und erhob das Glas.

»Und auf eines voller Wunder«, murmelte ich, glücklich wie schon lange nicht mehr.

* * *

In einem Hexenhäuschen im Waldstück am Rande von Westerland dankte eine andere Person dem lieben Gott, dass er sie so reich beschenkt hatte, dass sie Menschen eine Freude machen konnte. Denn diese Menschen trugen dazu bei, den Charme und die Ursprünglichkeit ihrer über alles geliebten Insel zu erhalten, die Ineke Alwarts so am Herzen lag, als sei Sylt ihr eigenes Kind.

Danksagung & Nachwort

Mit *Wintersonnenglanz* durfte ich mir dank des Knaur-Verlags einen kleinen Traum erfüllen. Ich liebe die Advents- und Weihnachtszeit, seit ich denken kann, da geht es mir nicht anders als Lissy aus dem Büchernest.

Ich hoffe, der Roman beschert Ihnen in den Herbst- und Wintertagen ein paar gemütliche Lesestunden und der von mir persönlich gestaltete Adventskalender vermag Sie zu verzaubern!

Ich danke:

Wie immer dem Verlagsteam, insbesondere Dr. Andrea Müller, Steffen Haselbach und Christine Steffen-Reimann für ihr Vertrauen.

Meiner Lektorin Sabine Franz erneut für ihre tolle Arbeit und Geduld mit mir.

Meiner lieben Kollegin Antje Szillat für ihren grandiosen »weihnachtswunderlichen« Tipp.

Ein mindestens ebenso herzlicher Dank geht an Achim Wöffler und Frank Deppe auf Sylt für die Abdruckgenehmigung einiger Passagen aus dem wundervollen Buch *Weihnachten auf Sylt – Jööl üp Söl*. Schade, dass dieses kostbare Kleinod nicht mehr lieferbar ist.

Ein Dank geht an das Hotel Stadt Hamburg sowie an Rolf Klaumann.

Allen, die Weihnachten und die Insel Sylt ebenso sehr lieben wie ich, wünsche ich eine besinnliche Weihnachtszeit.

Advents-
kalender

1. Dezember

Die Geschichte des Adventskalenders

Advent, Advent, ein Lichtlein brennt …

Wir alle lieben den Brauch, der die Advents- und Weihnachtszeit einläutet. Ob mit Schokolade oder Marzipan gefüllt – oder mit persönlich ausgewählten kleinen Geschenken. Das tägliche Öffnen der Türchen des Adventskalenders macht nicht nur Freude, sondern führt uns schrittweise an Weihnachten heran.
Doch woher kommt diese Tradition?

Der erste Kalender wurde aller Wahrscheinlichkeit nach um 1851 gefertigt. Man hängte in der damaligen Zeit ab dem 1. Dezember täglich ein Bild an die Wand oder malte 24 Striche an die Tür, von denen die Kinder dann Tag für Tag einen wegwischten. Diese Markierungen dienten in der Adventszeit als Orientierungshilfe bis zur Geburt Christi, der Wiedergeburt des Lichts.

Haben Sie nicht Lust, für Ihre Lieben selbst einen Kalender zu basteln?
Eine schöne Idee ist es zum Beispiel, einen Kranz aus Tannenzweigen mit einer breiten Satinschleife an die Decke zu hängen und am Kranz 24 kleine Päckchen zu befestigen. So haben Sie Adventskranz und Kalender in einem.

2.

Zeit der Besinnung

Unternehmen Sie einen Winterspaziergang, egal wie das Wetter ist. Atmen Sie die frische Luft tief ein und versuchen Sie, sich auf die vor Ihnen liegende Weihnachtszeit einzustimmen.

Worauf freuen Sie sich?
Was sollte vorbereitet werden?
Was wollen Sie Ihren Lieben schenken?
Wie wollen Sie das Fest der Liebe feiern?
Wen wollen Sie einladen?

Nehmen Sie sich die Zeit, Ihre Umgebung wahrzunehmen, aber auch, in sich hineinzuhorchen. Entsprechen all Ihre Vorhaben auch Ihren eigenen Wünschen, oder müssen Sie eher den Erwartungen anderer gerecht werden? Gibt es etwas, das Sie in diesem Jahr anders machen wollen?
Nehmen Sie diese Gedanken und Empfindungen mit nach Hause und machen Sie es sich bei einem heißen Getränk gemütlich.
In Nordfriesland wird im Winter gern *Schietbüddel* getrunken.

Und so wird's gemacht: Erwärmen Sie Apfelkorn, füllen Sie ihn in schöne Gläser und bedecken Sie ihn mit einer Haube aus geschlagener Sahne. Anschließend eine Prise Zimt darüberstreuen.

Nun nur noch genießen – und die Gedanken ziehen lassen. Ihre To-do-Liste können Sie später schreiben.

3. Dezember

Advent

von Rainer Maria Rilke

Es treibt der Wind im Winterwalde
die Flockenherde wie ein Hirt,
und manche Tanne ahnt, wie balde
sie fromm und lichterheilig wird;
und lauscht hinaus. Den weißen Wegen
streckt sie die Zweige hin – bereit,
und wehrt dem Wind und wächst entgegen
der einen Nacht der Herrlichkeit.

Quelle:
Rainer Maria Rilke:
Die Gedichte. Insel Verlag 1986.

4.

Barbarazweige und andere Weihnachts-Blüher

Am Barbaratag, dem 4. Dezember, schneidet man Zweige von Obstbäumen und stellt sie in eine Vase mit leicht erwärmtem Wasser in der Hoffnung, dass sie bis zu Beginn der Raunächte aufblühen. Dieses Brauchtum basiert auf dem Martyrium der heiligen Barbara im 3. Jahrhundert in Kleinasien. Seit jeher wurden vorwiegend Kirschzweige als Orakel benutzt.

Erblühten sie zu Weihnachten, so verhieß es ein gutes Jahr zu werden, insbesondere für die Landwirte, denen eine reiche Ernte bevorstand.

Junge Mädchen banden um die Zweige einen Zettel mit dem Namen der jungen Männer, die für eine Heirat in Frage kamen. Derjenige, dessen Zweig an Heiligabend Blüten trieb, würde der künftige Ehemann werden.

Auch andere Blumen und Pflanzen werden mit der Weihnachtszeit in Verbindung gebracht, weil sie mit ein bisschen Glück zu dieser Zeit zu blühen beginnen: weiße oder hellgrüne Christrosen, leuchtend rote Weihnachtssterne, der pinkfarbene Christusdorn, die grüne Stechpalme Ilex mit ihren roten Beeren sowie der Weihnachtskaktus.

Persönlicher Tipp: Keine Zweige von Obstbäumen im Blumenladen kaufen. Diese werden bereits Tage im Voraus geschnitten, um sie pünktlich an den Handel zu liefern. Das Ergebnis sind vertrocknete Knospen, aus denen niemals eine Blüte wird. Und wer will schon so ein schlechtes Omen?

5. Dezember

Veros Bratäpfel mit Marzipan-Preiselbeer-Füllung

Zutaten (für 4 Personen):
1 Bio-Orange, 4 Bio-Äpfel, säuerlich schmeckend, 2 EL getrocknete Cranberrys, 4 TL Wildpreiselbeeren (aus dem Glas), 40 g Butter, 80 g Marzipanrohmasse, 4 TL Mandelstifte

Zubereitung:
Die Orange heiß abspülen und die Schale in ein Schälchen reiben. Anschließend den Saft auspressen. Die Cranberrys hacken und zusammen mit 2 EL Orangensaft und der geriebenen Schale mit der Marzipanmasse verkneten. Den Backofen auf 180° vorheizen und eine ofenfeste Form mit Butter ausstreichen.
Die Äpfel waschen, abreiben, mit einem Kugelausstecher oder Messer aushöhlen und vom Kerngehäuse befreien. Die Höhlung mit Orangensaft ausreiben. Dann die Äpfel nebeneinander in die Form setzen. Je ein Viertel der Marzipanmasse in die Öffnung geben und anschließend je einen TL Wildpreiselbeeren daraufgeben. Den restlichen Orangensaft in die Form gießen.
Die übrig gebliebene Butter schmelzen, die Äpfel damit bestreichen und dann die Mandelstifte darüberstreuen.
Anschließend die Äpfel im vorgeheizten Backofen 35–40 Minuten backen und warm servieren.

6. Dezember - Nikolaus

Guter Nikolaus

von Christian Fürchtegott Gellert

Guter Nikolaus,
komm in unser Haus,
triffst ein Kindlein an,
das ein Sprüchlein sagen kann
und schön folgen will!
Halte bei uns still,
schütt dein Säcklein aus,
guter Nikolaus!

Ach, du lieber Nikolaus,
komm doch einmal in mein Haus!
Hab so lang an dich gedacht!
Hast mir auch was mitgebracht?

Quelle: Christian Fürchtegott Gellert:
Werke, Band 1: Fabeln, Gedichte, Lustspiele.
Herausgegeben von Gottfried Honnefelder,
Insel Verlag 1979.

7.

Weihnachtskugeln am Stiel

Haben Sie nicht Lust, einen Teil der Weihnachtsdeko selbst zu basteln? Dieser Schmuck ist einfach zu machen und sieht wunderschön aus!

Material:
Bindfaden, 5 einfarbige Weihnachtskugeln, z.B. in Silber oder Gold, Glitter-Klebestifte in den Farben Ihrer Wahl, Glitter-Pulver, Holzscheit (ca. 8 x 20 cm), Bohrer, Holzleim, 5 Zweige (Hartriegel oder Ähnliches), Heftzwecken mit weißem Kopf

Und so wird's gemacht:
Binden Sie je ein Stück Bindfaden an die Aufhängung der Weihnachtskugeln. Bemalen Sie die Kugeln nach Lust und Laune mit den Glitter-Klebestiften und streuen Sie anschließend Glitter-Pulver darüber. Schütteln Sie danach etwaigen Überschuss vorsichtig ab und hängen Sie die Kugeln zum Trocknen auf. Bohren Sie anschließend 5 Löcher, passend zum Durchmesser der Zweige, in das Holzscheit. Bepinseln Sie das Ende der Zweige mit Leim und stecken Sie sie in die

Löcher im Holz. Kürzen Sie die Zweige nach Belieben auf unterschiedliche Längen. Entfernen Sie danach die Aufhängung der Kugeln und stülpen Sie sie kopfüber auf die Zweige. Drücken Sie die Kronen der Aufhängung flach und drücken Sie sie ins Holz. Zusammen mit den weißen Heftzwecken entstehen so Muster, die an Schneeflocken oder Blumen erinnern.

8. Dezember

Weihnachtskaffee & Punsch

Sylter Weihnachtskaffee

Zutaten (für 4 Personen):
4 Tassen schwarzer Kaffee, 4 Stück Würfelzucker, 8 cl Rum, je 1 Messerspitze Nelkenpulver, Kardamom und Muskat, 250 g geschlagene Sahne, 1 TL Zimt, 4 Zimtstangen

Zubereitung:
Kaffee, Gewürze und Rum in einen Topf geben, verrühren und erwärmen. Parallel vier Tassen mit heißem Wasser füllen, damit sie warm sind. Anschließend den Kaffee in die Tassen füllen, je ein Stück Würfelzucker dazugeben. Danach eine Sahnehaube daraufsetzen und Zimt darüberstreuen. Die Zimtstangen anstelle von Löffeln zum Umrühren verwenden.

Sylter Weihnachtspunsch

Zutaten:

2 Flaschen trockener Rotwein, 1/2 Flasche Weißwein, 2 Bio-Zitronen, 4 Stangen Zimt, 8 Nelkenköpfe, 125 g Rohrzucker, 0,25 Liter Rum (42 %)

Zubereitung:

Zwei Flaschen Rotwein zusammen mit zwei in Scheiben geschnittenen Zitronen, den Gewürzen sowie dem Rohrzucker in den Topf geben und erwärmen. Anschließend zwei Tage stehen lassen. Danach die Masse abseihen, die Flüssigkeit erneut erwärmen, den Rum und die halbe Flasche Weißwein hinzugeben.

9. Dezember

Zelebrieren Sie die Adventszeit stilecht mit einer Sylter Spezialität, die schnell zubereitet ist und köstlich schmeckt.

Gefüllte Sylter Sandkugeln

Zutaten:
200 g Butter, 200 g Zucker, 1 Päckchen Vanillezucker, 1 Ei, 125 g Stärkemehl, 300 g Mehl

Zutaten zum Verzieren:
3 Eigelb, 2 EL Wasser, 1 Päckchen Vanillezucker, 2 EL Zucker, 30 g gehackte Mandeln, 3 EL Johannisbeermarmelade

Zubereitung:
Zimmerwarme Butter schaumig schlagen, Zucker und Vanillezucker einrieseln lassen. Ei, Stärkemehl und Mehl unterkneten. Zum Verzieren Zucker, Vanillezucker und gehackte Mandeln in einem tiefen Teller mischen. Drei Eigelb mit zwei Esslöffeln Wasser mischen.
Aus dem Teig kleine Kugeln formen und in der Mitte etwas eindrücken. Die Teigkugeln in dem mit Wasser verrührten Eigelb und anschließend im Zucker-Mandel-Gemisch wenden.
Kugeln auf ein gefettetes oder mit Backpapier ausgelegtes Blech setzen und in die Vertiefungen je einen Teelöffel voll Johannisbeermarmelade füllen.
Bei 175–185° ca. 10–15 Minuten backen.

10. Dezember

Friesische Adventszeit

»Die Adventszeit war keine Zeit der Muße, sondern ausgefüllt mit vielen Arbeiten innerhalb des Hauses. Die erste Pflichtübung war die gründliche Reinigung aller Zimmer, das ›Potsi en faagi‹ (Friesisch: ›Putzen und fegen‹). Hinzu kam das Putzen des Messinggeschirrs und der silbernen Teeutensilien – diese waren der Stolz einer jeden Sylter Frau, da es ja sonst kaum Kostbarkeiten im Hause gab.«

Quelle: Achim Wöffler und Frank Deppe:
Weihnachten auf Sylt – Jööl üp Söl. 2009.

Auch ich nutze die Adventszeit, die im Jahreswechsel mündet, um aufzuräumen, aber vor allem um auszumisten. Ich gehe gern mit dem Bewusstsein in die Weihnachtsfeiertage, dass alles sauber und aufgeräumt ist. Vor allem aber reise ich gern mit »leichtem Gepäck« in das neue Jahr.
Versuchen Sie es doch auch mal.

Tipp für alle, die sich schwer damit tun, Dinge loszulassen: Machen Sie ein Foto davon und verschenken Sie den jeweiligen Gegenstand. So haben Sie zum einen ein Erinnerungsbild und können zum anderen jemandem eine Freude machen.

11. Dezember

Weihnachtsbesuch, Tote Tante und Pharisäer

Zu den angenehmen Abwechslungen der Vorweihnachtszeit gehörte das »Äpseten« (Friesisch: »Aufsitzen«) – der abendliche Besuch bei Nachbarn, ohne diesen anzukündigen.

Machen Sie es doch wie die Sylter früher: Besuchen Sie Nachbarn, Bekannte, liebe Freunde oder Menschen, denen es gerade nicht so gutgeht.
Oder laden Sie Gäste zu sich nach Hause ein. Sie müssen ja nicht gleich ein Drei-Gänge-Menü kochen. Es geht schließlich in erster Linie darum, zusammen zu sein und sich auszutauschen. Das geht auch bei einem Glas Wein und einem Schälchen Oliven oder Käse. Oder bei Toter Tante und Pharisäer, Getränken, die an der Nordsee sehr beliebt sind.

Und so werden sie zubereitet:
Füllen Sie eine vorgewärmte Tasse mit heißem Kakao und geben Sie anschließend ein Schnapsglas voll Rum in die flüssige Schokolade. Setzen Sie darauf eine Haube aus geschlagener Sahne. Fertig ist die Tote Tante.

Wenn Sie Kaffee anstelle des Kakaos nehmen und ein Stück Würfelzucker ins heiße Getränk geben, heißt das Ganze Pharisäer. Aber Achtung: Nicht umrühren! Sonst müssen Sie die nächste Runde ausgeben ;-)

12.

Sylter Liedgut

Eigene friesische Weihnachtslieder gibt es nicht. So sang man üblicherweise nur die Weihnachtslieder, die man aus dem Gesangbuch auf Hochdeutsch kannte. Überliefert ist, dass im 19. Jahrhundert die Kinder am 24. und 25. Dezember von Haus zu Haus zogen und das Lied *Jesus ist kommen* sangen. Die beiden Sylter Andreas Hübbe und Max Bossen waren dann die Ersten, die im 20. Jahrhundert Weihnachtslieder mit sylt-friesischen Texten verfassten. Zum Beispiel dieses hier (nach der Melodie von *Vom Himmel hoch*):

Hurom die Kloken deling ring?
Ja wel üüs frügelk Türing bring:
Hat es jaa Jööl! Nü frügi juu,
en let juu daagligs Aarber ruu.

Versuchen Sie, den Text zu übersetzen und selbst zu singen. Gar nicht so einfach, nicht wahr? Hier kommt die Übersetzung:

Warum die Glocken heute klingen?
Sie wollen uns frohe Botschaft bringen.
Es ist ja Weihnachten! Nun freuet euch,
und lasset eure tägliche Arbeit ruhn.

Quelle: Achim Wöffler und Frank Deppe:
Weihnachten auf Sylt – Jööl üp Söl. 2009.

13. Dezember

Wo die Nordseewellen schlagen an den Strand …

Rezept Nordseewellen

Zutaten:
200 g Butter, 3 Eier, 200 g Zucker, 250 g Mehl, 3 EL Kakao, 1/2 Tüte Backpulver, 2 Gläser Sauerkirschen, 1 Becher Schlagsahne, 1 Tafel Schokolade oder 1 Packung Schokoraspel

Zubereitung:
Alle Teigzutaten mit Ausnahme des Kakaos zu einem Rührteig vermischen. Danach die Hälfte des Teigs in eine separate Schüssel umfüllen. Unter die eine Hälfte das Kakaopulver rühren. Die andere Hälfte auf einem gefetteten Backblech verteilen. Darüber dann den Teig mit dem Kakao geben. Den Inhalt der zwei Gläser Sauerkirschen abtropfen lassen und diese anschließend auf der Teigoberfläche verteilen.
Bei 160–175° ca. 25–30 Minuten backen.

Vor dem Verzehr geschlagene Sahne daraufgeben, Schokoraspel darüberstreuen und anschließend mit Hilfe einer Gabel Wellenlinien ziehen.

14. Dezember

Der Adventskranz

»Der Brauch des Adventskranzes ist sehr alt. Er stellt das Rad des ewigen Lebens und den Sieg des ewigen Lichts dar. Er wird aus immergrünen Zweigen gebunden und symbolisiert das Schicksalsrad, das in dieser Zeit neu ausgelotet wird, die vier Wege, die vier Himmelsrichtungen und die vier Hauptkräfte im Universum. Er steht auch für den Prozess der Schöpfung, der Materialisation. Er sagt uns: ›Was wir säen, werden wir ernten, und was wir in den großen Kreislauf geben, kehrt zu uns zurück.‹ Die Weihnachtszeit ist eine alchemistische Zeit, die mit den Schicksalsmächten und Schöpfungskräften in Verbindung steht.«

Heute basteln oder kaufen wir einen Adventskranz und zünden jeweils zu den vier Sonntagen vor Weihnachten eine Kerze an.

Quelle:
Jeanne Ruland: *Advents- und Weihnachtsrituale. Warten auf das Licht des neuen Morgens*

15. Dezember

Vorweihnachtstreffen am Feuerkorb

Kaum etwas ist so gemütlich und stimmungsvoll, wie mit Freunden und Familie an einem Feuerkorb zu stehen, in die Flammen zu schauen und dem Knacken der Holzscheite zu lauschen. Servieren Sie Kinderpunsch, Tee und Glühwein. Diese Getränke wärmen von innen und machen warme Füße. Insbesondere Kindern macht es große Freude, Stockbrot oder Marshmallows und Äpfel in die Glut zu halten. Für besonders verfrorene Gäste sollten Sie Fleecedecken bereithalten oder ihnen anbieten, später in das warme Wohnzimmer umzuziehen.

Rezept für Stockbrot

Zutaten:
400 g Mehl, 1 Pckg. Trockenhefe, 1 EL Zucker, 300 ml warme Milch, 1/2 TL Salz, 2 EL Öl

Außerdem:
Gewässerte und geschälte Weidenstöcke.

Zubereitung:
Zutaten vermengen, mit den Knethaken des elektrischen Handrührgerätes zu einem glatten Teig verkneten.
Den Teig ca. 15 Minuten an einem warmen Ort gehen lassen, anschließend in 12 Portionen teilen.
An der Feuerstelle die Portionen jeweils zu einem ca. 20 cm langen Teigstrang ziehen und spiralförmig um einen Stock wickeln. Den Stock im Abstand von ca. 20 cm für etwa 10 Minuten über die heiße Glut halten.

16.

Mistelzweige, Sternengucker und Fackellaufen

Unter dem Mistelzweig küsst es sich angeblich am besten, so sagt es ein alter Brauch. Paare, die sich unter diesem Zweig küssen, so heißt es, bleiben ein Leben lang zusammen.
Meistens werden die immergrünen Zweige mit den milchig weißen Beeren über dem Türbalken als sogenannter »Kusszweig« aufgehängt. Veredeln Sie das Arrangement doch mal mit Leuchtgirlanden und einer weißen Satinschleife – das sieht stimmungsvoll und festlich aus.

Ab Dezember erscheint Merkur über dem südwestlichen Horizont in der Morgen- und Abenddämmerung. Zwischen Weihnachten und Neujahr ist die beste Zeit, um ihn zu beobachten, obwohl es nicht ganz leicht ist, ihn am Himmel zu finden, denn er ist der Planet, der die Sonne am engsten umkreist.

Die kalten, langen Dezembernächte bescheren Beobachtern von Sternschnuppen viele Gelegenheiten, um sich etwas zu wünschen. Die Chi-Orioniden schicken nämlich gleich zu Beginn des Monats einige Sternschnuppen Richtung Erde.

Ein ganz besonderes Erlebnis ist es, in der dunklen Jahreszeit eine Fackelwanderung mit Freunden durch den Wald zu unternehmen. Im Schein der Fackeln beginnt der Wald lebendig zu werden, alles ist in ein märchenhaftes, magisches Licht getaucht.

17. Dezember

Beas Kastanienauflauf mit Beerenragout

Teig-Zutaten (für 4–6 Personen):
90 g Butter, 200 g Kastanienpüree, 50 g Staubzucker, 4 Eigelb, 4 Eiweiß, 40 g Zucker, 40 g griffiges Mehl, Butter und Semmelbrösel zum Auskleiden der Dariolförmchen

Zubereitung:
Butter, Kastanienpüree und Staubzucker schaumig schlagen und anschließend mit den Eidottern flaumig rühren.
Eiklar und Zucker cremig schlagen und zusammen mit dem Mehl unter die Masse heben. Dann in die mit Butter und Semmelbröseln ausgekleideten Förmchen füllen. Bei 160° ca. 25 Minuten backen.

Beerenragout-Zutaten:
250 g gemischte Beeren (TK), etwas Himbeergeist, 1/4 l Himbeersaft, 10 g Zucker, Saft einer Bio-Zitrone, 1 TL Maisstärke

Zubereitung:
Die gemischten Beeren mit dem Himbeergeist marinieren. Anschließend den Himbeersaft mit dem Zucker in einem Topf aufkochen und mit Maisstärke abbinden. Dann den Topf vom Herd nehmen und die marinierten Beeren in den noch warmen Saft einrühren. Mit Zitronensaft nach Belieben abschmecken
Je nach Geschmack kalt oder warm servieren.

18.

Winternacht

von Christian Morgenstern

Es war einmal eine Glocke,
die machte baum, baum.
Und es war einmal eine Flocke,
die fiel dazu wie im Traum.

Die fiel dazu wie im Traum.
Sie sank so leise hernieder,
wie ein Stück Engleingefieder
aus dem silbernen Sternenraum.

Es war einmal eine Glocke,
die machte baum, baum.
Und dazu fiel eine Flocke,
so leis als wie ein Traum.

So leis als wie im Traum.
Und als vieltausend gefallen leis,
da war die ganze Erde weiß,
als wie von Engelflaum.

Da war die ganze Erde weiß,
als wie von Engleinflaum.

Quelle: Christian Morgenstern:
Gedichte in einem Band. Insel Verlag 2003.

19. Dezember

Der Sylter Jöölboom und die Popen

»Im Westen der Insel wurde der hölzerne Kreis des Jöölboom mit den Zweigen der Krähenbeere, im Osten mit den Zweigen des Buchsbaums umrankt. Dieses Grün ist ein Attribut für die Hoffnung und des Wachsens in der Natur.«

Die am Jöölboom befestigten Figuren wurden »Popen« genannt, aus einem hellen Keksteig hergestellt und dann mit Fliederbeersaft bemalt: Zuoberst hängt am Jöölboom der Hahn als Symbol für Fruchtbarkeit und Wachsamkeit. Das Pferd darunter ist kennzeichnend für die Arbeit, die es für die Menschen einst leistete. Der Hund wird für seine Treue zum Menschen gewürdigt. Die Frau und der Mann sind als Symbol für Adam und Eva, aber auch für die Liebe zwischen Mann und Frau zu verstehen. Der Baum selbst verdeutlicht das Leben, während die an seinen Querstreben hängenden Äpfel den Dank für die vergangene Ernte versinnbildlichen. So also verbindet der Brauch des Jöölboom die heidnischen Zeiten mit den christlichen.

Quelle: Achim Wöffler und Frank Deppe:
Weihnachten auf Sylt – Jööl üp Söl. 2009.

20.

Vorbereitung auf die Julnacht

Heute ist es an der Zeit, sich über den Weihnachtsbaum Gedanken zu machen und den Christbaumschmuck hervorzuholen. Weihnachtskugeln sind Teil eines sehr alten Brauchs. Früher waren es Äpfel und Nüsse, die an die immergrünen Bäume gehängt wurden. Sie galten als Symbol des Dankes für das zurückliegende Jahr. Der vergoldete Apfel gilt als Vorläufer der Weihnachtskugel.

In der Julnacht, die am nächsten Tag folgt, können wir für die Menschen, die uns am Herzen liegen, selbst bemalte Weihnachtskugeln basteln. Um sie später mit lieben Wünschen zu verschenken. Dabei ist der Phantasie in der Gestaltung keine Grenze gesetzt. Wichtig sind die guten Wünsche, die Sie den Beschenkten mit auf den Weg geben möchten.

Sie können diese Wünsche auch aufschreiben, das Papier zusammenrollen und es ins Innere der Kugel stecken.

Sollten Sie mit vielen Freunden und Familienmitgliedern Heiligabend feiern, können Sie auch für jeden Gast eine Kugel an den Baum hängen und sie am Ende des Fests der jeweiligen Person zum Abschied geben.

Achten Sie zuvor jedoch darauf, die Kugeln so zu markieren, dass Sie sie später den Gästen richtig zuordnen können.

21. Dezember

Wintersonnwende - Julnacht

Die Julnacht gehört bereits zu den magischen Raunächten. Am Vorabend ist es ratsam, aufzuräumen, alle Räume zu putzen und den Weihnachtsbaum aufzustellen.
Wer mag, kann auch ein Räucherritual durchführen und die Wohnung oder das Haus mit Salbei ausräuchern, um die negativen Energien des vergangenen Jahres zu verbannen.

Wenn man die Nacht der Wintersonnwende, ab der die Tage wieder länger werden, gebührend zelebrieren möchte, kann man Folgendes tun: Löschen Sie abends alle Lichter, auch die der Kerzen, und verbringen Sie die Zeit bis Mitternacht im Dunkeln. Sie werden sehen – dies ist eine ganz besondere, existenzielle Erfahrung, die Sie – wenn Sie mögen – auch mit Familie und Freunden teilen können.

Zünden Sie Punkt Mitternacht eine spezielle Kerze (das Jullicht) an, die Sie vorher zu diesem Zweck ausgesucht haben. Erst danach alle anderen. Die Flammen dieser Kerzen symbolisieren das Licht, das in der Wintersonnwende neu geboren wird und sich immer wieder erneuert.

Denken Sie an all die Dinge und Vorkommnisse, für die Sie im vergangenen Jahr dankbar waren, und stimmen Sie sich auf die neue, vor Ihnen liegende Zeit ein.

22. Dezember

Zum 24. Dezember 1890

von Theodor Fontane

Ruhig sein, nicht ärgern, nicht kränken,
Ist das allerbeste Schenken;
Aber mit diesem Pfefferkuchen
Will ich es noch mal versuchen.

Quelle: Theodor Fontane:
Gedichte in einem Band.
Herausgegeben von Otto Drude,
Insel Verlag 1998.

Rezept Brün Peepernööten/Sylter Braune Pfefferkuchen

Zutaten:
750 g Mehl, 250 g brauner Zucker, 375 g Sirup,
Backpulver, Nelkenpulver, Zimt, Kardamom, 250 g Schmalz

Zubereitung:
Mehl, Zucker, Sirup, Backpulver, Nelkenpulver, Zimt und Kardamom vermischen. Das Schmalz schmelzen, leicht abkühlen lassen, zum Mehlgemisch hinzufügen und zu einem Teig verkneten. Den Teig dünn ausrollen, in Rechtecke (ca. 5 x 4 cm) schneiden und diese auf dem Backblech verteilen. Bei 200° etwa 6 Minuten backen.

Quelle: Achim Wöffler und Frank Deppe:
Weihnachten auf Sylt – Jööl üp Söl. 2009.

23. Dezember

Pai
(Sylter Blechkuchen mit Backpflaumen)

Zutaten:
Für den Teig:
500 g Mehl, Backpulver, 1 Ei, 3/4 Tasse Zucker, 1/2 Tasse Wasser, 200 g Butter, 130 g Schweineschmalz

Für den Belag:
800 g Backpflaumen, Wasser, Zimt, 1 EL Kartoffelstärke

Zubereitung:
Die Backpflaumen über Nacht in kaltem Wasser einweichen. Butter und Schmalz schmelzen und abkühlen lassen. Mehl, Zucker, Wasser, Ei, Backpulver und das Fett zu einem Teig verarbeiten. Den Teig auf einem Blech verteilen (etwas Teig übrig lassen für das Gitter), die abgetropften Pflaumen (Saft auffangen!) auf dem Teig verteilen. Den Pflaumensaft mit Zimt und Kartoffelstärke andicken und über die Pflaumen gießen. Nun aus dem restlichen Teig Streifen formen und als Gitter über die Pflaumen legen. Bei 175° etwa 35–40 Minuten backen.

Quelle: Achim Wöffler und Frank Deppe:
Weihnachten auf Sylt – Jööl üp Söl, 2009.

24. Dezember - Heiligabend

Weihnachtslied

von Theodor Storm

Vom Himmel in die tiefsten Klüfte
Ein milder Stern herniederlacht;
Vom Tannenwalde steigen Düfte
Und hauchen durch die Winterlüfte,
Und kerzenhelle wird die Nacht.

Mir ist das Herz so froh erschrocken,
Das ist die liebe Weihnachtszeit!
Ich höre fernher Kirchenglocken
Mich lieblich heimatlich verlocken
In märchenstille Herrlichkeit.

Ein frommer Zauber hält mich wieder,
Anbetend, staunend muß ich stehn;
Es sinkt auf meine Augenlider
Ein goldner Kindertraum hernieder,
Ich fühl's, ein Wunder ist geschehn.

Quelle: Theodor Storm:
Sämtliche Gedichte in einem Band.
Insel Verlag 2002.

Gabriella Engelmann

Sturmgeflüster

Sonne, Wind und Wellen! Für Tinka öffnet sich eine neue Welt, als sie auf Sylt den attraktiven Kitesurfer Sven kennenlernt. Mit seinen meerblauen Augen bringt er Tinkas Herz sofort zum Kentern. Es könnte der Sommer ihres Lebens werden. Gäbe es da nicht ein dunkles Geheimnis, über das Sven und seine Clique beharrlich schweigen. Tinka fühlt sich beobachtet und weiß bald nicht mehr, wem sie auf der Insel wirklich trauen kann. Es ist fast zu spät, als sie begreift, dass sie selbst eine düstere Vergangenheit wieder heraufbeschworen hat.

Auch als E-Book erhältlich

Arena

208 Seiten
Klappenbroschur
ISBN 978-3-401-60111-3
www.arena-verlag.de

Sonnige Unterhaltung,
die Herz und Seele wärmt!

GABRIELLA ENGELMANN

Apfelblütenzauber

Roman

Ein Meer von rosa-weißen Blüten, malerische Fachwerkhäuser und romantische Flusslandschaften – nach sechs Jahren in Hamburg hat Leonie fast vergessen, wie schön das Alte Land ist. Da ihre Mitbewohnerinnen eigene Wege gehen und sie ihren Job verloren hat, muss sie sich neu orientieren und hofft, in der alten Heimat zur Ruhe zu kommen. Doch das klappt einfach nicht, da ihre Eltern Hilfe brauchen und, ganz unerwartet, ein Mann ihr Herz höherschlagen lässt. Ein Glück, dass sie sich auf ihre beiden Freundinnen Nina und Stella verlassen kann!

»Gabriella Engelmann:
Expertin für kluge Romanzen.«
Für Sie

KNAUR

Ein Hauch von
Sommer und Leichtigkeit

GABRIELLA ENGELMANN

Wildrosensommer

Roman

Das Hausboot auf dem Foto sieht aus wie ein Schlösschen mitten auf der Elbe. Ein so idyllisches Zuhause wünscht sich die alleinerziehende Mutter Aurelia, der ein Schicksalsschlag den Boden unter den Füßen weggezogen hat. Daher zögert sie nicht lange, als wenig später genau dieses Boot zum Verkauf steht, und zieht mit ihren Töchtern, Katze Momo und vielen Träumen im Gepäck vor die Tore Hamburgs. Die Vierlande mit ihren Rosenhöfen, Deichen und üppigen Gärten sind für die gelernte Floristin ein Paradies. Doch auch im Paradies haben Rosen ihre Dornen …

»Gabriella Engelmann muss im Besitz eines
Zauberstabes sein – schon nach wenigen Zeilen lässt
man sich in ihre wunderbare Welt entführen!«
Bestsellerautorin Marie Matisek

KNAUR